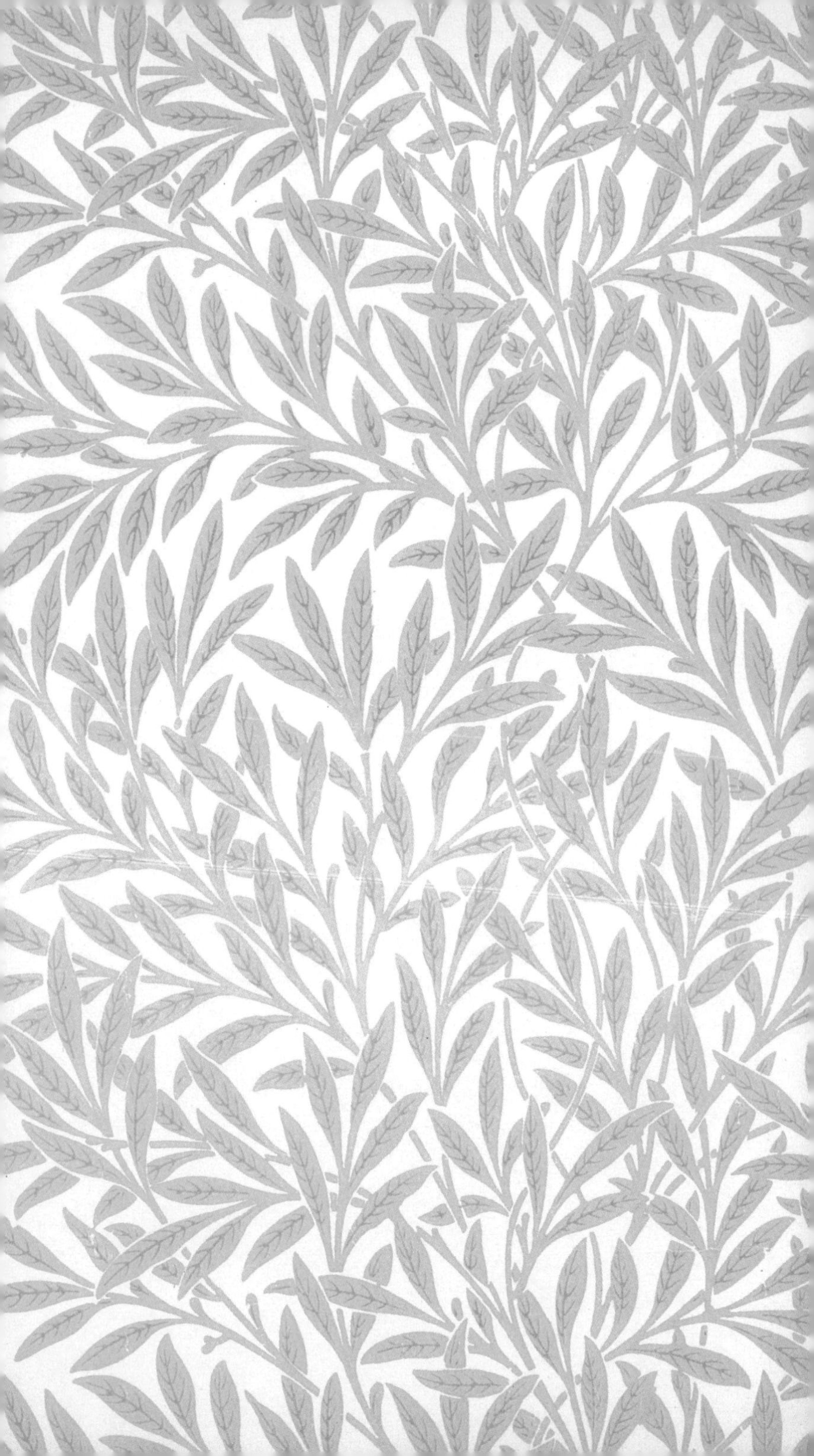

三民叢刊 225

零度疼痛

邱華棟 著

三民書局印行

自序

余華棟

這本小說集收錄了我近年來寫的小說中精選的短篇小說18篇，奉獻給台灣的讀者，希望你們喜歡。這本書是我在臺灣出版的第一本小說集，因此我十分感謝三民書局能夠給我一個獲得臺灣讀者的寶貴機會。在和十分專業和敬業的編輯打交道出版本書的過程當中，我發現兩岸的用語習慣有一些不同，但是這種差異卻獲得了奇異的效果，那就是我們兩岸的作家正在或者已經把漢語的內涵變得豐富和博大。

本書分為兩輯，在第一輯的幾篇小說中，我透過一些都市人的異化現象，來描繪青年人的精神狀態，而已經經過都市化的臺灣讀者一定會有一些共鳴。而第二輯中的小說，則描繪了大陸青年人生活當中的「情感痛點」，他們正在經受的城市生活的急劇變化帶給他們內心的波動，通過這些小說，我希望臺灣的讀者能夠看到，在今天全球化背景下的年輕人所經受的精神震蕩。

零度疼痛

目次

第二輯　烈焰黑唇

第一輯　時裝人

電話人

我是一個電話人，這一點是因為我不僅每天都在為客戶裝電話，還因為我自己也給許多人打電話。電話在這個世界上是如此重要，以至於誰都不敢打包票說他可以離得了電話。人人都在打電話，如果你想對你周圍的人進行一番描述的話，你完全可以說他們就是一群打電話的人。

也許，對於在城市中生活的人，你還可以稱他們為乘坐出租汽車的人？但這樣稱呼是不行的，因為城市中有很多人是乘坐公共交通工具，比如公共汽車、有軌或無軌電車以及地鐵上下班，還有一部分乘坐私人轎車、公車和單位班車上下班。所以，說城市人是乘坐出租汽車上班的人是完全不對的。而這些人卻大都是電話人。我這樣說也並不排斥城市中還有不打電話的人，以及打玩具電話的人——比如一些孩童。有一次我在街上看到一個三歲小孩拿著一個大哥大在打，我吃驚得不得了，經過了一番哄騙，我把那個大哥大拿在手裡才發現它是一個玩具大哥大。這一類人當然也不能算作是電話人。

我認為我是一個雙重的電話人。因為如果大部分城市人因為每天都要打電話而被稱之為電話人的話，那麼我除了給別人打電話我又要給別人裝電話，我就應該是雙重電話人。我對我這個角色十分滿意，我喜歡一邊給人裝電話同時還能打到電話，打電話給自己認識或並不認識的人完全有一種石破心驚的感覺。因為每一個人除非預約，並不知道電話鈴響過後，這個打來電話的人是誰。電話鈴一響，人人的心裡都有一些忐忑不安，懷著一種強烈的期待來拿起電話，這個時候是最為激動人心的。因為也許一聲問候、一個機會、一個噩耗、一聲威脅的聲音就進來了，會給你帶來不同的命運、不同的心情，甚至是不同的結果。

因此我喜歡幹這一行，我喜歡給別人裝電話同時不停地給別人打電話。我發現越來越多的城市人都喜歡裝電話和打電話，不僅有線電話的發展快得驚人，無線電話（大哥大）的發展也快得驚人。比如在香港已經有一百五十萬臺手機了——這還是上個月的數字，也就是說在香港每四個人中就有一個人用手機，在上海和北京的手機也已經突破五十萬臺了，並且每一年都比上一年增加百分之百。這一類消息對於我們這些靠給別人裝電話而從電訊公司裡領取酬金的電話人來說，自然是好消息。因為我們的酬金也在上漲，這使我們感到十分開心。

實際上，困惑我的一個問題是，這些裝電話的人真的有那麼多電話要打嗎？人們為什麼要打電話？您瞧，連這樣一個簡單的問題我都沒有搞清楚，因為我覺得當我周圍所有的城市人都在變成電話人的時候，我反而有一種隱隱的不安。在白天，我工作得十分努力，我和同伴們拼命地給別人裝電話，我一邊幹活一邊想像我的酬金的增加，但到了晚上，我就會為周圍的人都變成了電話人而感到擔憂。我覺得電話簡直如同某種爬行動物，某種蠕蟲，一種深海中的蠕蟲。說不明白是哪一天，一個叫貝爾的傢伙發現了它，從此它就開始堅韌地爬上了人類的桌子。這類蠕蟲還全部都有代號，也就是每一臺電話都有一個號碼，雖然這個號碼是電訊公司按照順序排列的，但你完全可以懷疑這裡面有一個陰謀，也就是說，這類蠕蟲是一個企圖與人類為敵的軍隊。它們有代碼、有總機和中繼線，還有分機，有國際長途、國內長途、地區電話和紅機保密電話，有手提電話和車載電話。實際上電話完全是一個秘密軍隊，有將軍、校官、尉官和司令部，還有多種兵種，正在漸漸地包圍著人類，進入了我們人類的家庭生活，進入了辦公室、客廳與臥室，日益控制著我們的生活。

當我把電話想像成某種變形的深海蠕蟲，互相有預謀地繁殖著，增加著，進入著我們的空間，或是把它想像成一個陣容整齊的軍隊之後，我不禁不寒而慄。因為我想我一定是處於某種監視之下了，我開始害怕裝電話，以及打電話。我完全可以想像得到，我們人類的每一句話，只要是通過電話說出的，就會被電話監聽，也許電話有一個空間儲存器，所有人類的通話都通過電波傳到了太空，被儲存在一個大罐子裡。有一天，當電話決定摧毀整個人類的時候，它就會把每個人的隱私公布於眾，使人類陷入種族仇殺、鄰居反目、內訌、背叛、報復、起義與倒戈之中。畢竟，人太依賴電話了，人太信任電話了。

所以，每當我回到家中，一個人陷身於沙發之中，我都會看著不遠處的電話而沉思良久，我有些懼怕這個東西，我變得不愛使用它，即使是它不停地響著，我也不去接，而是看著它最終變得寂靜。

有一天，在工作單位我接到了一個電話，這個電話的聲音是如此圓潤，以至於我一瞬間不害怕電話了。這是一個女人的聲音，她只是說了一句：「請問，我可以申請裝一臺電話嗎？」只聽到了這一句，我就覺得我完全可以為她裝一臺電話，因為我本來就是幹這個的，但我從她的聲音中聽出了一種可能。這個聲音，如同一個機會，一種預設，這個聲音可能會改變我的生活。

我還沒有說過，我是一個單身男人，我沒有女朋友。並不是我不想有女朋友，而我還沒有愛上誰。因為愛上一個女人對於我來說是一件十分困難的事，我對女人的期待很多，因而也有很多要求。喜歡一個人是非常綜合的，你要對她的聲音、相貌、氣質、知識結構有一個綜合印象，在這點上很多女人都沒有被我看上。但這一次，這個女顧客，她的聲音卻已使我莫名其妙地激動了起來。

我立即說：「當然可以。」然後，我就記下了她的住址，預約了裝電話的時間，告訴了她付款方式。然後，我就在約好的那一天上門給她裝電話。

我按響了門鈴，我清楚地記得那是一個晚上，因為她是一家銀行的職員，白天工作很忙，只有晚上才有時間。而我們的夜間服務也很周到，於是我就上門給她裝電話。門打開了，一個樸素無華的女人站在我的面前。她有一雙沉靜的大眼睛，嘴唇是小巧的，鼻梁纖直，額頭閃光，亭亭玉立地站在那裡。我想我一下子就喜歡上她了。我想就是這麼回事，我對她一見鍾情，愛情之鳥一下子飛到我肩膀上來了。

當然，她對這一切還並不知情。也許電話是知情的，可那時候我還沒有給她裝上電話。我於是一邊裝電話，鋪設線路，一邊和她談話，我一下子有了一種傾訴欲，我竟然將我對電話的恐懼都告訴了她，我也不知道我是怎麼了，我毫無辦法。她聽了以後吃驚地笑起來：「你把電話想像成了某種深海蠕蟲和一個秘密軍隊？太好玩兒了。我想，你一定是一個單身男人吧？這是因為孤獨，因為太孤獨的原因。我有時候也感到孤獨，因此，我迫切需要裝一臺電話。」

這太好了，我想從此我就可以給她打電話了。那天我很快就給她裝好了電話。從第二天起，我每天都給她打電話，我想我完全變成了電話的依賴者。我們在電話中無話不談，漸漸地我變得不是很害怕電話了。我想哪怕是電話全都被竊聽了，被儲存了，也無所謂。我寧願讓全世界的人都聽到我們的電話談話。我們的電話談話由陌生，到一點點地熟悉起來，其間經歷了一個漫長的過程。

後來我發現我們兩個人都是十分靦覥和內向的人。因為我們在電話中談得非常多，非常投緣，可一旦我們見面，我們的話就沒有這麼多，頓時都變得局促不安起來，通常見面我們主要是談論天氣和工作。她給我講很多銀行的趣事，比如最近她身邊又有一個貪污犯給抓起來了，而那個人還是她的上司！她說有時候她非常喜歡這個工作，可有時候她又十分討厭這個工作，因為她要不停地做很多報表，這些報表十分枯燥，上面的數字有時候就會變成蝌蚪在她的眼前游動起來。她有時候還會在報表上下意識地寫上我的名字，以至於科長在接到報表時問她這個人是誰？他與這張報表有什麼關係？她的臉就會一下子紅了。

我想我們的感情進展順利，這多半仰仗電話。後來，她所在的銀行派她到南方一座城市籌辦分行，她與我分離了。因此，我們就更加依賴電話了。我們每天都打電話。有時候一天要打好幾個，彼此想得發瘋。在電話中，我們無話不說，我們談得非常多。有一次她回來看我，可一見面，我們突然都沉默了，因為我們發現見了面之後，我們根本就無話可說。

這是可怕的情景，因為在電話之中無話不說的我們，到了熱切盼望的見面時刻，我們卻說不出話來，只是彼此用目光交流，舌頭在嘴裡打轉但它卻發不出一點聲音。我們兩個人都是這樣，這使我們迅速地告別。但一旦告別，我們又彼此想得發瘋，於是我們就立即給對方打電話，在電話之中，我們又無話不談，我們聊很多，甚至還分析了為什麼見面反而說不出話的原因，我們找到了很多原因，並且試圖克服它，可一旦我們見面，卻照樣說不出話來。有一段時間我甚至以為我們無法在一起了，因為在一起我們的話非常少，這如何可以相處？但電話中的熱烈傾訴又使我們加倍地走向了對方，她這一段時間又去了南方一段時間，我們仍舊依靠電話互訴衷腸，並且互相愛得發瘋。後來，我們決定，哪怕我們在一起無話可說，可只要有電話存在，我們就要在一起。於是，我們決定結婚了。

我們結婚了，我們布置好了房間，並且在臥室兩邊的床頭櫃上，都放了一臺電話，我們的婚禮很熱鬧，但奇特的是作為新郎和新娘的我們都一言不發，只是笑，因為我們幸福異常，同時我們的內心之中也有一種深深的憂慮。到了晚上，我們躺在了一張床上，這是激動人心的時刻，然而我們都說不出話來，我們躺在那裡許久，直到拉滅了燈，仍舊不知所措。後來，我拿起我這邊床頭櫃上的電話，撥了一個號碼。

我可以聽見在床的那一側她翻身的聲音，她拿起了她那邊的電話。

「喂，妳好嗎？」

「我愛你，我非常愛你。」

「妳在哪裡？」

「我就在你身邊，我想要你。」

「我也想要妳，可是……」

「來吧，我已經把睡衣脫了。」

「妳在哪兒？在哪兒？」

「在這兒，你摸摸看，在這兒……」

我們一邊打電話，一邊彼此擁抱，親吻，撫摸，我說過這是激動人心的時刻，但我們的右手都拿著電話，我們一邊說著熱烈的情話，一邊做愛。我們用電話大聲告訴對方我愛你！我們像是兩條深海中的魚，用電話互相鼓勵，用電話加油，用電話快活地呻吟，用電話喘氣，用電話來愛對方。我們都是電話人，是電話把我和一個女人，我深愛的女人緊緊地聯繫在了一起，我想我們不會分開，因為我們如此依賴電話，並被電話甜蜜地控制著。

時裝人

我是一個懼怕生活的人，長久以來，我都不知道外面發生了什麼。我住在一幢一百層樓的第四十九層，我已經有一個月沒有下樓了。我儲備了足夠的食物——我有一個儲量很大的冰箱，足以準備好幾個月的食物。我不知道我是否得了什麼病，因為，我已經不習慣於在生活的洪流中與人面對面的相遇，我喜歡窺視——真的，我是說我只喜歡窺視生活，因為生活變化多端、轉瞬即逝，已經沒有任何一點可以被我抓住的永恆的事物了。就在前幾天，電視上連篇累牘地報導著一個著名的夜間音樂女節目主持人被殺的事件——她是一個風韻非凡的已婚少婦，但現在，電視卻在大談著中東某個國家因為種族原因引起的一次宗教大屠殺。到底什麼是人們應該持續談論和把握的？我不知道。因此，我憎恨而又懼怕陪伴我度過一天的大部分時間的電視，儘管它每天都給我提供流動的真實與幻像相結合的圖景，讓我處於一種不斷變換場景的夢幻之中。

我悄悄地掀開窗帘的一角，向外面窺視。這個時候是下午，白亮的陽光覆蓋了整座城市，所有的建築物似乎都在向上生長。我拿出了我的高分辨度陸軍用望遠鏡——這是已死去的當過軍隊團長的我父親給我留下的。我就用它來窺視生活——有距離地窺視並能觸摸生活，這使我心安理得而又具有安全感。通過它我看到了全部的生活，我是說，不需要我身陷其中的紛繁複雜而又庸常破碎的生活。人的一切行為、動作、姿勢、語言、思想，通過它我都能夠了解到，我還需要陷身於大眾中去嗎？

大約是在幾個月前，我突然發現了城市裡出現了時裝人。她們大多數是女士，而且大多都非常迷人，有著美妙的能夠讓人欣賞並想入非非的身段、臀部和乳房。她們一般以小群體的形式出現，無論白天還是夜晚，她們總是出現在最喧鬧的地方和人最多的地方。比如現在，我的望遠鏡就捕捉到在一幢掛滿了廣告條幅的百貨大廈門前，那搭起的臺子上，有八個時裝人正隨著節奏音樂在表演。她們並不誇張地扭動胯部、表情安寧，走動或者凝止，不斷地變換姿勢和衣著。很多路人都停下來，張開了嘴巴在觀看。我突然發現，所謂的個性已經在城市中消失，人的個性因為時裝的出現成為了流動的東西，時裝暫時將人的個性和靈魂固定下來，成為彼此交流的符號。城市裡到處都是人與人短暫的會面，而後迅速地告別。八個美麗的時裝人不停地變換著服裝，到明天，到隨後的幾週內，大街上一定到處都是穿時裝的人，因為人們學會了大規模仿製，而時裝卻永遠在向前流動，想到這一點我就感到心煩意亂。

有一天我還看見有一隊時裝人，他們一共有十八個人，全都是俊男靚女，排著一字長隊在人流和大街與大街之間穿越。他們表情冷靜而又克制，因為他們知道他們正在被大眾關注，到了明天以後，他們的衣著就成了模仿的對象，他們不斷地穿行在城市裡，他們到底應該算是一些什麼人？包裝個性與靈魂並不斷變換著展示它的人嗎？

不多久以後，我發現我恐怕是無可救藥地愛上了一個時裝人。她那樣的冷傲而又活潑，一雙美腿在音樂節奏中的走動猶如大海起伏的韻律。當我從電視上、從望遠鏡發現了鶴立雞群的她時，我的心狂跳著。我想也許我的生活要改變啦？只有她會讓我走出這間屋子，除此之外世界沒有任何誘惑我的東西。每天，我都企望從電視上、從望遠鏡中發現她，有距離地欣賞她，愛她，可我有一種恐懼感：她是有個性的嗎？如果她的性格隨著時裝的變化而又呈現流動的狀態，這有多麼可怕呀！我不由得顫抖了起來。因此，我牢牢地記住了她在嘴唇下的那枚小巧的黑痣，它使她變得魅力非凡而又容易辨認。

到了晚上，我打開了電視，新聞節目一開始，我就被一種莫名的恐懼感給抓住了。那個喜歡說些俏皮話的男主持人正在動物園現場採訪，動物園一座很高的鐵籠子已經被毀壞了，我緊張起來，因為隨後我便知道了這座城市的動物園中著名的大猩猩已經失蹤。牠們一共兩隻，一公一母，就是牠們毀壞了鐵籠，從而讓它看上去不堪入目。按說大猩猩是沒有能力扯開由很粗大的鋼筋結構而成的鐵籠的，更何況大猩猩是很善良的，那個同樣有些緊張的男主持結巴著說，問題是當一隊時裝模特兒在動物園表演時，剛好被大猩猩看見，大猩猩先是注目觀瞧了一會兒——據目擊者說，然後牠們便突然發了狂，奮力地扯著鐵籠，怒吼著衝了出去。所有的人都不知道發生了什麼，這時兩隻大猩猩已經衝到了時裝人表演臺上，猝然地擊倒了其中的兩個，在迅雷不及掩耳的時間裡殺死了她們。這下現場一下大亂，無論是遊客還是美麗的時裝人都已驚慌失措，在一片驚叫聲中四下逃散而去。聞訊趕來的警衛人員發現現場除了兩具時裝人的血肉模糊的屍體，一片狼藉以外再也沒有一個人，那兩隻大猩猩也不見了。緊接著電視上出現了兩具屍體的面部特寫，我的心頓時狂跳起來，我擔心是她——我的意中人被……還好，我沒有在她們臉上發現黑痣。那個臉色略微有些蒼白的男主持人在向動物園馴獸師詢問大猩猩為什麼發狂時，語言閃爍的馴獸師推測說，這也許是因為時裝人的表演搶走了牠們的觀眾，因為據說在時裝人表演的一瞬間，很多人離開了大猩猩的鐵籠去看時裝表演。那個馴獸師還煞有介事地說大猩猩的嫉妒心理要比人強多了。當主持人問到大猩猩的失蹤可能會產生什麼後果時，馴獸師說：「可能仍會發生人被襲擊的悲劇事件。而且，牠們有可能專門去襲擊時裝模特兒。問題的首要之處在於盡快抓住牠們。」

緊接著，電視鏡頭上出現了警察全副武裝出動的畫面。城市警察局長說，一旦大猩猩對人發動了襲擊，人可以自衛直至將其打死而不用負任何法律責任。然後，電視上關於這個事件的報導算是結束了。

我呆呆地坐在電視前面，我這才發現我出了一身冷汗。我在屋子裡從不穿衣服，因為我把空調開到了不用穿衣服的恆溫狀態。我赤裸著來回走動，我時而掀開窗帘向外窺探一番，我發現，夜幕下的城市似乎陷入了普遍的恐慌之中。人人都知道大猩猩殺了人並且逃走了，我看見在這座巨大的城市中，彷彿有一種巨大的力量在使這座城市旋轉，這座城市看上去更像一個很大的沙盤，一切都是不真實的，不信你聽，吱吱嘎嘎旋轉聲正從城市的底部傳來。那些亮著很多燈光的樓廈上的窗戶明明滅滅，擁有八條車道的公路和大街上車流湧動，像小甲蟲一樣飛速遠去，拖曳的燈光像蝸牛雨天留下的痕跡，這就是天天如腫瘤般膨脹的城市。

我吃了一點東西，繼續看電視，我在想大猩猩可能逃到哪裡去了？我實在想不出來牠們會到哪裡去。我突然想，也許大猩猩會乘坐電梯，來到這幢樓上，這幢一百層的大廈大約裝載著一萬多人，每天，這一萬多人包括我就徘徊在電話、辦公室、床鋪、抽水馬桶和傳真機、複印機之間，整座大廈就像是一個忙忙碌碌的蜂巢，一個物的帝國。在這裡人們交流各種信息，以各種計謀去掏對方口袋裡的東西。這座大廈那樣的真實，像一座標竿一樣矗立在城市中，但是它卻不知道有一個隱匿的人藏在它的腹部在分析、判斷和咒罵它，以及以它為象徵的整座城市。我在想，也許大猩猩猜透了時裝人的出現給人所帶來的全部含義？人類返樸歸真越來越成為不切實際的幻想，因此把大猩猩都惹怒了？大猩猩殺死時裝人是不是在向城市人表達著什麼？我在沉沉睡去時苦思冥想著。

第二天的晚上，我打開電視新聞節目，這次是一位穿大紅色風衣的漂亮但不免做作的女主持人在說著什麼。畫面是一個女時裝人慘不忍睹的屍體，顯然，大猩猩又出現了。「當時一隊時裝人正走在繁華的大街邊，突然從下水道井蓋下鑽出了大猩猩，牠揪住了死者的腿，另一隻大猩猩也鑽了出來。由於人多，大家過於慌亂，在四下奔逃時踩死了一位老太太。警方在下水道下找到了女時裝人的屍體，但她身上的衣服已被大猩猩剝去。可以肯定的是，現在大猩猩就藏身在這座城市的下水道裡。」然後，我在屏幕上看到了女時裝人被毀壞的面容和揪掉的頭髮。她不是我愛的那一個，但我已經非常緊張和憤怒了，熟悉市政建設的一位副市長對市民說，本市的下水道系統非常複雜，幾乎就像是一座巨大的迷宮。「但我們會盡力進行全面搜索的，三天之內抓住大猩猩。」市長許諾說。

緊接著是全市的時裝表演和各種時裝店關門的公告與消息，我想，這也許是永久的中止了，只要還沒有抓住那兩隻大猩猩。公安局長建議市民們不要再穿鮮豔的時裝衣類，而統統改穿黑色或藍色衣服，以免遭受大猩猩的襲擊，以及身穿搶到的時裝出現在人群中的大猩猩會被及時發現。電視記者採訪到幾位女士，她們都表示明天起不再穿鮮豔的衣服了。我突然鄙夷起這些市民大眾了，她們趨趕時尚，追趕潮流，在麻木而又機械的模仿中消耗自己，成為簡單的東西，而她們卻又那麼珍視自己的生命？我關掉了電視，開始盤算如何保護我的意中人，我想我是否應該為了愛而挺身而出，犧牲自己。可她現在在哪裡？我是否該走下樓去？

隨後的幾天，又發生了幾起大猩猩襲擊時裝人的悲劇事件。很多人都看見身穿時裝的大猩猩十分恐怖地猛地從下水道井蓋下躍出，襲擊時裝人。牠們殺死她們，只是為了換掉身上的時裝。如果不制止牠們，牠們會像人換衣服那樣頻繁地殺死時裝人的。城市中時裝人越來越少，人們重新穿起了單一顏色的衣服，恐懼籠罩著城市，而且，當發生在地鐵裡的悲劇事件過後，連地鐵也停運了。

而這時我卻在想著是否該由我走出幽閉的生活了。我也許現在應該走出大廈，去捕抓那大猩猩。我懂得牠們的語言和手勢，這是我幽居大廈研究鑽研的成果。我要和牠們交談，告訴牠們不要再這樣做下去，為什麼我們不能和平相處？人是愛牠們的。我正這樣想著，門外的走廊裡響起了雜亂的腳步聲。我緊張起來，連忙趴到門上的窺視孔朝外看去，只見三個美麗的時裝人穿著時裝，手提著皮箱，正緊張地走向對面的房間。而且，我還看見我最喜歡的那個時裝人也在其中！我的心狂跳著，我高興壞了。我也許可以實現保護她的願望了，我既緊張又激動。

我在屋子裡走來走去。我已經許久沒有與人說話，我不知道該如何和她說話。我想首要的問題在於我應該先穿上衣服。我找了一套白色的衣服穿上它，然後我坐到了電話旁邊，我撥響了電話。

「喂，你找誰？」聽上去她的聲音十分緊張。

「我要那個左嘴唇下長有一顆黑痣的時裝人接電話。」

「啊，我就是，我叫陳虹，有什麼事嗎？」

「我……想保護你，因為大猩猩……我是你的崇……」

「對，牠們正在追殺我們！天知道這警察是幹什麼吃的，竟然束手無策，很感謝你，你在哪裡？我已有四個同伴被牠們殺死了……」她哭了起來，很顯然她已恐懼過度。

「我就住在你對門。我懂大猩猩的語言，我想我會制止牠們……我懂得牠們的語言。」我安慰她。

「那我想現在就到你那裡去，我實在太害怕了，可以嗎？」

我想了一會兒，和自己喜歡的女孩子能面對面簡直叫我吃驚，我後來說，「我去開門，你快來吧。」

我放下電話就去打開了門。陳虹打開門左右看了看，便衝了過來。她的皮箱太重，險些叫她跌了一跤。我有些害羞，扶住了她的腰：「這箱子都是些什麼東西？這麼重。」

「全是時裝。」她驚魂未定，坐下來喝了一杯我倒給她的威士忌，才斷斷續續地告訴了我她被大猩猩追殺的全部過程。原來在動物園表演的人中就有她。

我憐愛之心頓生，她邊流淚邊說，猶如梨花帶雨讓我心疼。我在想我是否應該向她表白，但發現這似乎不太適宜，我柔聲地勸慰她，直至她尋求安慰似地抓住我的手，把頭靠在我的肩膀上。

「我一直在想，大猩猩為什麼會襲擊你們時裝人？」

「我也不知道。也許這是野蠻對文明的攻擊。你看，現在全市所有的人又成了藍螞蟻和黑螞蟻，他們再也不穿時裝了，我有多麼傷心。」

「而我卻在想，時裝使人變得更不真實，時裝使人成了流動的人、面具人、靈魂外在化的人、不確定的人、包裝的人。我們就真的需要時裝嗎？」我邊聽城市嘎吱吱旋轉的聲音，邊柔聲地反駁她。這種觀點我已想了許久了。

「但時裝給人帶來了美、自信，時裝可以讓人自己塑造自己，因為人是先天不足的，通過時裝可以讓自己變得完美和自信，變成他們想成為的那種人。」

「但大眾只是趨從與模仿，沒有真正的個性與靈魂。」

「可時裝也在變化，趨從和模仿也在變化。生活就是流動的，你為什麼要讓一切一成不變？」

我無言以對，注視著她的眼睛，她的眼睛是褐色的，她的嘴唇那樣生動，吹氣如蘭，我按捺不住內心的激情，親吻了她那顆小巧美麗的黑痣。這時門被敲響了。我放開她：「是侍者，我想要兩杯熱牛奶，我這裡沒有，好嗎？」

她點點頭。我打開了門，旋即我被一雙大「手」揪住了。我被一股巨大的力量推進屋子，我在一霎那看見了兩張獰笑著的紅臉。我想我要完了，因為兩個穿著時裝的大猩猩已經破門而入。緊接著是一陣尖叫聲，我掙扎著從一雙大「手」中看去，另一個大猩猩已經向陳虹撲去。陳虹跳到茶几後在周旋。我突然鎮定下來，我用大猩猩的語氣說：

「住手！」

那個大猩猩一愣，牠回頭看了我一眼，我接著說：「不要動她，你為什麼要動她？」

牠哇哇大叫，意思是要穿上她的時裝，牠熱愛時裝。

「你們為什麼要穿上時裝？告訴我！」

牠說牠拒絕回答我，牠要她的時裝。

「你們為什麼要殺掉時裝人？我們不能和平相處嗎？」我大聲質問。這時那隻聽懂了我的話的猩猩忽然哭了起來。牠的哭聲中包含了孤獨、委屈和憤怒的內容。我似乎懂得了一點什麼，而這時陳虹卻舉起了椅子，猛地砸向了牠的頭。牠愣了一下，但未受重創，大吼了一聲，反而向她撲去，我想這下又完了，我已無法制止衝突，趕忙抓起了一瓶噴霧劑，向我身後抓住我的大猩猩的臉上噴去，牠鬆開了我的胳膊，軟軟地倒了下去，而這時陳虹已經打開門，衝了出去，那隻公猩猩狂叫著也衝了出去。

我也追了上去。我的心懸了起來，我看見她和牠都進了一部電梯，我趕緊也衝了進去，電梯裡的廝打是殘酷的，當電梯門重新打開時，我已搖搖晃晃，頭昏臉腫，而這時大猩猩拼命向逃走的陳虹追去。我緊跟著來到了大街上，大街上燈光閃爍，行人匆匆而又恐慌。我聽見了警車的鳴笛聲，我看見我前方的行人紛紛讓開，我前面那隻大猩猩在追趕陳虹。我最終沒有阻止悲劇的發生，我趕上去的時候，那隻暴怒的大猩猩終於擊倒了陳虹，並殺害了她。而這時，衝上去的我被警察攔住，一陣槍響過後，那隻企圖更換時裝的大猩猩倒在地上。我也倒在了地上，因為我失去了陳虹。

這天晚上所有電視都報導了這件事。我趕緊買了一件風衣並豎起領子。我沒有再回大廈，是陳虹那個美麗的時裝人使我離開了幽閉的生活。我現在又重新走到了人群當中。我看見商店、舞廳、遊藝室以及廣告屏幕上，到處都有電視在報導，畫面上我精疲力盡地追趕大猩猩，以及大猩猩被擊斃的過程全部都映現了。電視主持人說另一隻大猩猩已被抓獲，也許不久之後將被絞死，只是我，「一個非常勇敢並同大猩猩搏鬥的市民卻失蹤了。市長已決定獎勵他。」畫面上是我大幅的照片特寫。我站在人群當中，突然覺得，就在今天，我也成了一個時裝人，一件時裝，所有的人都在注視我，在內心之中模仿我，到明天，他們依舊會忘記我，就像忘記一件過時的時裝。明天，一定會到處都重新充滿了時裝人和模仿時裝人的城市人，穿著不斷變動的時裝出現在商廈、地鐵、街頭和出租車裡，一切將重新依舊，人們將忘卻時裝人的死，忘卻陳虹的血，忘記大猩猩帶給他們的恐懼，就像忘掉一股時尚，一件時裝，我躲在人群中看著電視畫面上自己那張有些疑懼的臉，想著是否應該再回到大廈裡去重享孤獨，一邊淚流滿面。我想我突然地理解了那大猩猩，雖然牠殺死了陳虹，叫我永遠憎惡，這個時候我不喜歡重新陷入歡樂的大眾們，他們就像啤酒的泡沫一樣正在慢慢把自己消耗。

鐘錶人

我像一個溺水者一樣從夢中醒來時仍能夠聽到自己的心臟不規則的跳動聲。我打開床頭燈看了一下錶，是凌晨六點三十分。作為電臺「午夜心裡話」的節目主持人我總是在這個時候醒來，我瞇起了眼睛重新關了檯燈，讓自己沉浸於一種半明半昧的黑暗之中。我想起了剛才夢中那個奇異的場景。在那個夢裡我一直走在一個長廊中，那條黑暗的長廊沒有一點兒燈光，但兩邊的壁牆上掛的全是鐘錶，而鐘錶的錶盤猶如一張張人臉一樣在牆上閃閃發光。我驚恐地一個人向前走著，伴隨著我的腳步聲，有一種機械錶「喳喳」有節奏走動的聲音在走廊中巨大地回響著，我很恐慌，一種前所未有的黑暗抓住了我，我向後和向前望去，兩邊全是無盡的黑暗從而使我更加茫然。那鐘錶一齊走動的聲音使得我的心跳加劇了起來，我的臉驟然變形了，然後我開始向前狂奔，嘴裡發出了馬的嘶鳴……

我再一次睜開眼睛，看見陽光已經普照大地，這使我心存感激。但那個夢一直追蹤著我。

北京已經是秋天了，昨天剛剛下了一場雨，這使我的心中彌漫著一種憂傷。每天我的「午夜心裡話」節目總是在午夜十二點開始，到凌晨一點結束，然後我就開著一輛沾滿了灰塵的「尼桑」回我的寓所，用微波爐隨便做一點什麼吃的，然後就上床睡覺了。每天早晨醒來，我一般自己動手做夾火腿腸的塗上黃油的麵包吃，再沖一杯不放糖的咖啡。然後我就在室內跑步器上跑上一會兒。透過我十二層樓的大窗戶，我幾乎可以看見整座城市在我的視野裡鋪展開去。每天都有很多人，很多生活在這座城市的人打電話與我說心裡話，我才知道有那麼多人並不是經常在白天能夠講心裡話的。往常，到了七點三十分，我穿戴整齊，紮好領帶，就坐電梯下樓，打開我的車門，熟練地發動著，並且將車駛出停車坪，向左邊的道路衝去，旋即被淹沒在車流之中。四十分鐘以後，歷經堵車的焦急與無奈我就會來到一幢二十層高的位於護城河邊的一座大廈中部的電臺，開始為晚上的節目做準備。吃過中午的工作餐，我又會在電臺睡上一覺。

然而今天早晨我從夢中醒來，多少感到有些異樣。夢中那些人臉一樣走動的鐘錶以整齊而又恐怖的聲音壓迫著我，我感到了莫名的恐慌。我洗漱完畢，煎了一個雞蛋，沖了一杯牛奶，紮了一條鮮艷的紅領帶，挑出了一套乳白色的西裝穿在身上。我不時地衝到窗臺前，拉開窗簾看一眼早晨生機勃勃的城市，一座沙盤一樣的夢幻之城。但那些鐘錶總是在我的眼前晃動，這到底是怎麼啦？坐進我的汽車裡我仍舊無法集中思緒。我這輛車是一個在外企當中層管理骨幹的朋友借我的，原因是一年前我曾經勸他不要自殺，於是一年後我得到的回報就是一輛七成新的「尼桑」。我打算今天去擦擦車。我的車駛入了早晨的車流。像往常一樣，我吹著口哨，戴好了墨鏡，把車速放到每小時七十公里在二環路上飛駛了起來。這時候我突然想起了魏晉時期的詩人阮籍，他總是能夠趕著馬車裝著酒，任由馬車跑動，直到馬車停下來，或者跑到路的盡頭了，阮籍一邊喝酒一邊又大哭一場，換個方向繼續前行。有一天我試了一下，將汽車漫無目的地開了兩個小時，直到把車開進了老城區的一個小胡同裡，再也不能向前走了，然後我下車輕鬆地在牆根痛快地撒了一泡尿，掏出口袋裡的小瓶馬爹利，啜上一口，便又鑽入汽車，將車子倒出來。我根本就哭不出來。難道這是一個能夠放聲大哭的時代嗎？

我在汽車裡覺得自己的心怦怦亂跳著，幾乎每秒鐘跳兩下。早晨的空氣中竟然有一種臭水的味道。就在車子駛過西直門立交橋的時候，我忽然看見在立交橋邊豎立著的巨大的廣告牌上，有一個我十分熟悉的女人，笑著將戴滿了錶的手臂伸出來。

難道是眉寧？我愣了一下，但汽車已經駛過了立交橋，我把頭伸出車窗向回望，但風立刻吹亂了我的頭髮。汽車開到了宮園立交橋，我向右拐去，在路邊一個小食攤前停下來，想吃一碗豆腐腦。雖然已經吃了煎雞蛋可我仍然覺得餓。我剛坐下來，卻看見旁邊有一個臉上長滿了雀斑的女孩手裡抓著一本《時尚》雜誌，而雜誌的封面，那個戴錶的俏麗女人，不是眉寧又是誰？我皺起了眉頭，我已經有一個月沒有看見她了，難道她真的成了鐘錶人？我顧不上吃那碗豆腐腦，扔下一塊錢，站起來就向汽車走去。

我心亂如麻，後來我開車來到了前門附近的「時間廊」鐘錶店，異常鎮定地在店員驚異的注視下一氣兒買了八只錶，包括懷錶、計時錶、腕錶和防水作業錶，把它們都戴在了我的手上和身上。我走出了鐘錶店。

二十分鐘後，我開車來到了建國門立交橋，在一陣大風中驟然把車停住。在一種不可阻擋的力量支配下我衝出了汽車，跨越了欄杆，向前衝去。

那天有很多人看見有一個穿灰色風衣的男人從立交橋上跳了下去，就像一張牛皮紙一樣飄了下去。交通秩序亂了十五分鐘後，反應迅速的警察再次恢復了秩序。橋下面有一小灘血和一隻男式四十一碼的褐色皮鞋。

「於是，我也變成了一個鐘錶人。」半個月後，摔斷了一條腿但保全了性命的我重新在我的節目中與聽眾見面並且敞開心扉。「我有一種恐慌，這是因為這座高速流轉的城市給了我一種壓力，我感覺我彷彿成了被時間追打的人一樣緊張而急迫地生活著，而每一個人也都是在這樣的情況下變成了鐘錶人。沒有生活的真正目的。就連我和大家說的心裡話也並無意義。我感到了絕望，而我心愛的女人也離開了我，並且成了我最討厭的鐘錶人，於是，我就選擇了自殺。」我勇敢地說。

「難道失戀就能將你擊倒嗎？」一個聽眾在電話中說。

「我有過兩次失戀，第一次我愛上了一個學德語的女學生，我非常愛她，半年後，一個德國人瘋狂地追求她。一天我們一同坐在凱萊大酒店二層的咖啡廳裡，喝維也納凍咖啡，那個女孩說只要我說請求她留下來，她就會留下來，不跟那個德國人去德國。但是我沒有說請她留下來，而是說希望她遠嫁德國。於是，她就生氣地真的在一週後遠嫁了德國，她卻一直都不原諒我，說我不該把她推走。可這是她的選擇，對吧？這可不是我的選擇。於是我永遠記住了那天晚上維也納凍咖啡的味道，味道簡直好極了。」

「那麼第二次失戀呢？」那個聽眾似乎很願意聽聽我的戀愛史。

「第二次是我喜歡上了一個北大西語系學法語的女孩子。她長得就像一個美麗的法國女人。同樣的原因，有一個法國佬追求她。一個月以前，我、那個法國佬和她一同去遊了一次長城，就在慕田峪長城的一個垛口，我們再一次攤牌了。她——她叫眉寧，她說如果我說叫她留下來她就留下來。但我什麼也沒說。於是，她就憤然地跟那個法國人走了。但臨走之前我對她說，我痛恨鐘錶，只要她不做關於鐘錶的廣告，我就仍舊愛她。但半個月前，我發現她並沒有去法國，卻真的成了鐘錶廣告人，成了一個鐘錶人。我感到了絕望，於是，我就自殺了。因為我這次真的把她推開了。」

「為什麼你要痛恨鐘錶？難道你有精神分裂症嗎？」

「不，」我果斷地說，「我是一個正常人。但鐘與錶已經奇蹟般地覆蓋了我們的生活，人類的生活。時間由鐘和錶度量，並且規定著我們的一切。人們生活沉悶無趣的主要原因是我們不知不覺成了鐘錶的奴隸。我要做一個抵抗鐘錶的人。」

「那麼你真的是個瘋子了。這可能嗎？你想讓我們都別戴錶，像原始人一樣生活？」

「難道你們就感覺不到分針和秒針在時刻不停地把我們推向了死亡嗎？大家能不能都不戴錶，徹底生活在錶盤之外？只有這樣，我們的生活也許才是真正的生活。」

「我認為你瘋了。你會再死一次嗎？」一個聽眾不客氣地在電話中說。

「不，我不想再自殺了。因為在醫院時一個護士說我其實是個軟弱的人。我想堅強地活下去，仍舊主持這個節目，同時找到在做某種裝飾錶的廣告的過去的女友眉寧，告訴她不要再成為鐘錶人。這就是我要做的。」我在我的節目結束之前最後十秒鐘這麼回答。

我果真成了一個不戴錶的人。我只靠生命自己的節律來生活。我體內的生物鐘準時極了，這樣我覺得我又重新成了自然人。我以這種方式來反抗現代城市生活對我的威壓。我不想生活在錶盤上的分秒和小時之中。可是有一天眉寧給我打了個電話：「我聽了你的節目，柳待，我想和你談談，你也許真的瘋了。你一定是因為我離開你而被氣糊塗了。我們幹嘛不聊聊？」

「你在哪兒？」

「在臺灣飯店咖啡廳。」

我立即趕到了那裡。眉寧依舊那麼漂亮、迷人，穿著開胸很低的裙子。「你為什麼沒有跟那個法國人走？」

眉寧瞇起眼看我：「法國人有什麼好？除了做愛的激情大一些——說句玩笑話。你的節目我聽了以後震動很大。我已經成了一個鐘錶人。可是，在這樣一個錶盤一樣轉動的城市中，不成為鐘錶人能行嗎？鐘錶人將成為所有人的形象。柳待，我很愛你，可你是一個神經質、一個精神分裂者。作為女人，我是一個現實主義者，我可不想遵從你的對世界的哲學判斷來生活。」眉寧爽利地從手袋掏出了一疊外幣，並且把它們一一展開。我看見它們是美元、德國馬克、法郎、港幣以及日元和意大利里拉。

「我現在有錢了。我依舊恨你，因為你把我默然地推給了那個法國人而傷害了我。你為什麼不堅持著留住我？難道我不值得你堅持下來嗎？」眉寧突然咆哮起來了。

我懦弱地聳了聳肩，「我該走了。」然後我離開了咖啡廳。

我聽說眉寧被謀殺是在一週以後，報紙上報導了這個消息。有六個穿黑色西裝的男人闖進了位於亞運村的眉寧的屋子，用錶帶勒死了她。他們是一些什麼人？鐘錶人嗎？我為這樣的消息感到了震驚與悲傷。我到達醫院太平間時她仍舊躺在一個冰櫃裡。在守屍員的幫助下，我輕輕地掀開了覆蓋在眉寧身上的白布。她臉色青中透白，我看見她的脖子上的確有什麼勒過的痕跡。是誰殺了她？我褪下了我手腕上的那塊錶，把它放在她的胸口，然後我離開了那裡。我想我必須要找到那些用錶帶勒死她的人，並且用同樣的辦法處死他們。我到今天才明白我是多麼愛眉寧啊。

我必須給你描述一下我生活的這座城市，這座被鐘錶覆蓋的城市。這座城市向四面八方展開，灰色的塵埃浮起在廣大的樓群之間。這裡的生活節奏如同秒針走動，城市以鋼筋混凝土構架，以飯店、商場、俱樂部、美容院和停車場構成了其主要特徵。人們在這裡展覽舌藝，交換貨幣與夢想。人們像流沙一樣不知道在向哪個方向流逝。人們日趨變得麻木，即使擁有了快樂也短暫得如同一場雨、一首歌、一句話，在說出之後旋即被忘卻。我豎起衣領，孤獨地走在這座城市之中，懷念著眉寧。可這座城市裡到處都是鐘錶人，沒有鐘錶他們根本就沒有辦法生活。我們戴著錶是為了活得更累嗎？我一點兒也想不明白。

後來我在貴友商場抓住了那六個鐘錶推銷人。他們和眉寧一樣，渾身上下到處都戴著錶。我想我一個人對付他們的確有些困難，我跟著他們進了洗手間，然後把門鎖住了。

他們一同轉過臉十分認真而又疑惑地看著我。

「你們殺了我的女朋友。」我說。我的聲音聽上去在顫抖。

他們都愣住了。從他們的眼睛裡我讀出來他們以為我是一個瘋子。可是我不是，我是一個電臺節目主持人，專門與人講心裡話。可我的女友莫名其妙地死了。這事兒我不能袖手旁觀。

「我們從來沒有殺過人，我們只推銷鐘錶。」其中一個平靜地說。

「可就是你們殺了我的女朋友眉寧。有人看見你們殺死她後從她的寓所裡出來了。」

「我們只賣給了她很多錶。她是一個鐘錶收集者，我們只給她賣過一些錶。」其中一個認真地說。「不信，我們可以一起去找警察。」

我們那天一起去了公安局。這六個鐘錶推銷人沒有任何問題。兇手已經被抓住了，兇手是一個盲流，一個河南農民。他是在鐘錶推銷人向眉寧推銷了他們的鐘錶之後闖入了眉寧的屋子，勒死了她並且搶走了她所有的錶。就這麼簡單。喜歡什麼的人就會死在什麼上面，這已成了一個真理。我一個人在秋風中走著，我一直在想眉寧為什麼非要成為一個鐘錶人？

我仍舊在電臺上班，但自從眉寧死後我突然發現我的生物鐘已經非常不準確了。我不再在早晨六點三十分準時醒來，我有一次做節目還遲到了半小時。就連在聽聽眾講他（她）的心裡話時我也顯得心不在焉。城市以它鐘錶走動的聲音影響了我生命的節奏。我想由於我的軟弱我沒有留住兩個女朋友，一個走了一個死去了，這也許都是我的錯。可這應該把帳算在這座城市身上。這座城市像分針和秒針一樣把人無休止地推向茫茫的前方與死亡。臺長在我一次神思恍惚的遲到之後對我大發雷霆。我想也許我應該離開電臺，因為我已經沒有心情聽別人講他的心裡話了。我的心裡話又能去對誰說？

我開車路過東單時，依舊看見眉寧做的那個鐘錶廣告。她笑得像柳絮一樣輕鬆，手臂上全是那種名貴的時裝錶。汽車經過海關大廈時我忽然看見了海關大廈上面懸掛著的一興許是全市最大的鐘錶。我凝視著它，我想也許我要幹些什麼了。

很多人都聽說了一件奇怪的事情，那就是有一天海關大廈上面的那只巨大的鐘錶莫名其妙地掉了下來。我得承認這是我幹的。我幹這一切用了整整一個月的偵察與準備，然後用一個夜晚就幹成了。我用的是一種鋒利的電鋸。我不喜歡有一只大鐘錶永遠地懸在我們的頭頂，給我們指明時間、規定節奏。在這座搖滾節奏的城市裡，我們因為鐘錶與時間已活得非常累了，我們幹嘛還要一只錶高懸於我們的生活上方從而成為影響我們生活的陰影？

警察沒有抓住我。我在大街上驅車狂奔時嘴角浮起了快意的笑。我以這種方式來祭典我在這座城市的流沙式的愛情你覺得好笑嗎？

我又一次從夢中醒來。我又聽到了城市鐘錶一樣「喳喳」走動的聲音，那是一種吞食一切的輪盤轉動的聲音。這座城市時刻準備著要叫我輸個精光。我看了一下錶，六點三十分。我準時起床了。在我剛才做的夢中我在追殺一個殺人犯，那個殺人犯殺死了我的女朋友、鐘錶廣告人眉寧。而且我還夢見我在一個掛滿了鐘錶的長廊裡沒命地奔跑。我還夢見我爬上了海關大廈的頂樓，將那只本城最大的鐘錶鋸了下來叫它掉在了地上。我洗漱完畢，喝了一杯濃咖啡，然後給眉寧打了一個電話，「喂，眉寧？」

「嗨，柳待，是我，眉寧。」

「這次的鐘錶廣告做得如何？」

「棒極了。你猜我掙了多少錢？三十萬！哈，我們可以去萬科城市花園買一套房子了。我已經給他們打了諮詢電話。」

「好的。我馬上去找你，一起去看房子。順便說一聲，我最近老是在做怪夢，夢見到處都是鐘錶，而且——而且你還被人殺死了，我還鋸掉了海關大廈上的那只大鐘錶。」

「這太離奇了。也許是你生活壓力過大在夢中出現的幻覺。好啦，我們去看房子吧。我們馬上就要過上小康生活啦。我想你是不是做主持人聽別人講煩心事兒太多了？」

我放下了電話，心想作為這個城市的白領之一，我終於將擁有自己的一套好房子了。我下了樓，鑽進我的尼桑車內，把它駛出停車坪。這座城市每天都是新的，可對於我今天卻尤其如此。一週以前一個法國佬要帶眉寧出去，我說：「你留下來吧。」於是她就留了下來。我們終於過上了有車也有房子的中產階級生活了，這是我一直夢想的。這一切僅僅靠為鐘錶的廣告和天天在午夜聽人講悄悄話就可以辦到。我心滿意足，我的車上了國貿橋時，旁邊那幢巍峨的中國大飯店和國際貿易中心的大樓便迎面撞來。我從汽車後視鏡中忽然發現有一輛麵包車在跟著我。我看清楚了他們似乎一共有六個人，他們全穿黑色西裝，紮著蝴蝶結，他們難道是我夢中出現的那六個神秘的鐘錶推銷人嗎？他們為什麼要跟著我？我所遇到的一切究竟是在現實之中還是在夢中？這座城市為什麼讓我穿行在時間的錶盤之外，成為了城市夢境中的一個逃亡者？我緊張地將車加速前進，因為眉寧正在前方的希爾頓大酒店大堂等我，我們要去買一套萬科城市花園的房子。在鎮定之中我解下手腕上的錶，將它扔出車窗之外。可那輛裝著六個黑衣鐘錶人的車依舊緊緊相隨。這時候我想起了我夢中的所有細節，我想也許我永遠也逃離不了鐘錶人的追蹤了。

公關人

我的朋友W是一個公關人，他幹這一行已經三年了。起初當公關人那會兒他不善言說，但現在已巧舌如簧。W是兩年半以前結的婚，娶了一位體態豐滿然而又非常善解人意的姑娘做太太，生有一個小女兒如今已滿口童語。上一次我去他家吃飯，小傢伙看見她媽在切菜，竟自言自語說：「刀在走路。」那天晚上我離開他家時嫂夫人遞給了我一把手電筒。不知何時外面已淅淅瀝瀝地下起雨來，我擰亮手電，光柱之中有雨絲在黑暗中疾速下落，小傢伙又在後面喊：「叔叔，光濕了。」我和W是大學時的校友，但不是一個系的。我們一同在這座大得像是一臺精密的機床的城市裡生活了四年了，可我至今仍是光棍，而他已建立了叫我頗為稱羨的家庭。要知道，在這座具有搖滾節奏的城市裡生存下來並且活得好並不是一件十分容易的事情，可他結婚以後從各種現象上看竟非常幸福，不幸的是他卻突然失蹤了。

今天是三月八日，是婦女的節日。我們報社的每一位女性都得到了五十元的過節費和一些婦女用品，我卻也得了一份，所以感到非常莫名其妙，我想我剛到這個報社才兩個月，也許是行政處的人不認識我的原因吧?況且還有一袋三・八婦樂，在眾位女記者的哄笑中我把錢和三・八婦樂「做為我本人在婦女節期間向本報婦女所表的一點心意」而交了出去。正在這時，我接到了W的太太的電話。

「W已經有三天沒有回家了，我給他所有可能去的地方都打了電話，他的公司、他的朋友，甚至他過去的情人我都問了，可都沒有他的消息，我該怎麼辦?」她說話的聲音中到後半部分明顯地帶著哭腔。

我開頭聽出是她的聲音還油腔滑調地祝賀她節日快樂來著，但現在我突然意識到了問題的嚴重性。「先別急，我馬上就到你家裡去。一定會找到他的。那傢伙在學校裡就喜歡突然失蹤，一星期後又在課堂上冒出來，叫他的老師一驚一乍的。」

我在去W家的路上一直在想著這件事，但我忽然發現，無論我如何去想，我都記不起來W的面孔來。就像W一樣只成了一個符號，我發現他好像已沒有十分鮮明的特徵了，就如同他的姓氏W，可以是吳王魏衛任何一個。這幾年他的公關人生涯已將他變成了一個橡皮泥似的人物，遇見什麼樣的人他就成為什麼樣的人。就像和我在一起他只扮演老校友一樣，沒有一個角色是真實的，但他又從來都是真實的。生活瞬息萬變，生活如同流動的盛宴，有哪一個人可以和所有的食客一起一直吃下去而不散去宴席?這是不可能的，因此便也給公關人的出現提供了機會和土壤。大學畢業那會兒我們一同都被分到了兩個外表看來十分堂皇的大機關。他只呆了一年就如同脫繮的野馬一樣衝了出來，仗著他優秀的專業底子和外語在外企裡幹起了公關人首領，迅速成為這個痛苦而又輝煌的轉型期社會中白領階層中的一員。而我，直到去年才發現在機關裡呆著如同熬油的燈，油盡燈滅，便惶惶然鑽入一家報紙當了記者。

我走進他家時，嫂夫人正坐在客廳裡發呆，煙灰缸裡一堆「摩爾」煙頭。我進去後，她給我倒了一杯水。孩子這個時候已經睡著了。

「你們之間沒有發生什麼不愉快的事情嗎?比如吵嘴、第三者、性生活不和諧之類?」我問她。

「沒有，一切正常，平靜如水。也沒有什麼第三者，在這點上，我們互相能夠做到開誠布公。」

「他最近有什麼變化沒有?情緒、心理、言談、舉止、性格、脾氣、思想?」

「要說起來最近倒沒有什麼特別大的變化，只是他當上公關人以後，也就是我們結婚這兩年多來，我發現他好像變得越來越不真實了。有時候我正在幹活，發現有人在我背後悄悄看我，我一轉臉，他便猛地將臉轉開，做出一副並沒有琢磨我的樣子。他似乎有什麼心事，只是他從來也不說。W是個工作狂，這一點你也知道。他每天的工作就是天天和剛認識的人打交道，然後謀算著如何和對手把生意做成。因此我覺得他要有變化，也是變得更為深沉，讓我無法了解了，但這並不至於到了非要出走的地步呀！」

我點了點頭。「當公關人這一行，時間幹長了的確容易引起一個人的變化，但他的失蹤也許與此無關。我記得上大學那會兒他很內向的，不愛說話，和女孩子來往很少，即使性衝動了也用手解決掉——我們那會兒都這樣幹。」我抱歉地對她聳聳肩，「要不，再等兩天，也許他可能累壞了，躲到某個地方打算好好睡幾天。要不我在我們報上登個尋人啟事吧，我們週末版看的人多。」

正在這時，內室裡的小傢伙忽然大哭起來。她趕緊進去把孩子哄好，抱出來，孩子嫩嫩的臉上還帶著淚水和夢的痕跡。「媽媽，我剛才夢見爸爸了，他在樹林裡睡著了，我怎麼喊他他都不醒。媽媽，我想爸爸！」

我愣了一下，然後我記住了孩子的話。告別後下了樓。

晚上躺在床上我想著這件多少有些奇怪的事件，我的思緒回到了大學時代。那時候我們都少不更事，那時候W那麼內向，常常一個人躺在校園裡櫻園下面的著名草坡上曬太陽。有幾次我看見這個人就覺得奇怪，他怎麼老是一個人用書遮住臉曬太陽呢？有一天中午，下著雨，我走過那裡時他仍然躺在那兒，臉上蓋著一本書，是海德格爾的《存在與時間》，我當時想起了不久前發生在這片草坪上的謀殺案：一個女孩子也是這樣躺著，但她已死了幾天了。莫非他也……？我有些心驚膽也顫地走過去，隔兩米遠我喊：「嗨，下雨了，快回宿舍去吧！」

他拿掉了那本書。就這樣後來我們成了好朋友。大學畢業後我們又一同分到了北方的大都市，因此時不時總要聯繫一下。自從他到外企幹起了公關人這一行，他變得很快，真正做到了見什麼人說什麼話，而且，他懂三國外語，因此還經常見外國佬說外國話。一開始他的年薪只有一萬五千元，一年後他又跳槽到一家德國企業，年薪一下漲到四萬。現在他在一家日本獨資企業裡幹，年薪七萬元人民幣。這在國內是不折不扣的白領階層。可他為什麼會離開家庭和孩子，突然失蹤呢？我沉沉地睡去，在夢中我卻夢見他，W這時是西裝革履，面帶一成不變而又瞬息萬變的微笑，向我伸出一隻手來。奇怪的是，在這個夢中，他周圍穿梭往來的他的手下，那些公關人們，無論是漂亮的小姐還是英俊的先生，都戴著一副面具在工作，也就是說，他們都是一些沒有臉的人。我覺得這個夢有些可怕，就醒了，發現這個夢極富於象徵意義。同時它也許會給我提供到找到W的線索。不久，天就大亮了。

我來到W所在的公司。這家公司隱身於一幢七十層的大廈的腰部。從外觀來看，這幢大廈用幽藍的玻璃裝飾，像一座現代紀念碑一樣。人類也許的確是偉大的，他們的使命就是毀滅與創造，而永不停下來。我走進這家外企公司租用的寫字間，突然發現這一層大廈的所有辦公室都沒有椅子，看來日本老板的確是「講究效率」，他寧願叫人們站著工作，這樣可以加快工作步伐。我還聽說這家公司的日本老板將自己製成了一個橡皮模型，掛在休息室裡——像日本的許多大企業裡的老板一樣，叫有怨氣的職員用拳頭出出氣，氣通暢了接著玩命幹活。

我被經理秘書領著來到了總經理辦公室，我發現這裡的確只有總經理才有椅子，他正坐在那裡埋頭辦公。我進去時他抬起頭，看上去他像個中國知識分子，但顯得要幹練許多。我開口道：

「我是記者，我想來了解W的情況，要知道他剛剛失蹤。」我已經知道他叫平田，「平田先生，我是W的好朋友。」

他給了我一個日本式的禮貌微笑，互遞名片後，我們坐下來談論這件事。從他的敘述中，我了解到W做為一個跳了幾次槽、年薪卻越漲越高的公關人，公關能力是非常強的。W是一個善於交際的人，一個穩重、靈活、機敏和口才出眾的人，一個風度翩翩、勢壓群雄的人，一個最好的公關人。這是這個日本人對他的評價。得到日本人的讚許是不容易的。我想，W

這傢伙的確幹得不壞，在內心裡不由得產生了一絲妒意。

「可他卻失蹤了，我已在報上發了尋人啟事。誰也沒看見他，他為什麼要離開家庭、離開工作而出走，我想作為老板，也許你有你的答案？」

「他在這裡一切都是順心的，尤其在報酬上，明年我打算給他年薪八萬元人民幣。我也不知道這是為什麼。我非常欣賞他，但坦白地講，假如他三天內不出現的話，我就會讓別人來幹他原來擔任的職務了。」

我道了謝，離開了那裡。人走茶是涼的，這就是現代社會。

我剛剛回到住處，就接到了W的妻子的電話。「我想起來了，最近這幾個月他好像特別喜歡各種面具。他買了很多面具，各種各樣的，有時候晚上回家他就一個人默默地欣賞。但我剛才找了屋裡所有可能藏有那東西的地方，卻沒有發現。我敢肯定他是帶著那些面具走了。可他把那東西帶走幹嘛？去參加一個無休無止的假面舞會嗎？我覺得我們是不是到各個舞廳去找找，興許他犯了病似的一家又一家地不停地跳下去呢。」

「噢？這個信息很重要，是一條非常重要的線索。那今天晚上我們去各家舞廳找一找試試。可我印象中他從來不跳舞的。他不是一個瘋狂的傢伙。」

「是的，他是這樣，也沒和我跳過。但他難道不會從頭學？」

「對，有道理。七點鐘，咱們在海馬歌舞廳門口碰頭。」我放下電話之前說。

那天晚上我和她見面後，便開始在這座不夜城中的歌舞廳尋找W。我們包了一輛出租車，統共化了五個小時，找遍了所有主要的舞廳，但仍沒有W的影子。這個謎一樣的人幹嘛要躲在暗處折磨我們呢？我甚至都有些氣惱了。在送她回家時，她抑制不住痛苦而撲入我的懷中，我默默地撫摸著她的頭髮，一句話也說不出。

這天我急急忙忙去採訪，路過「石渠通人像藝術攝影室」時，我在汽車裡看見臨街的櫥窗裡有一張照片，上面的人好像就是W。我叫司機停了車，趕緊衝了過去，把臉貼在玻璃上。沒錯，真的是他。是他的大半個臉，他的表情非常古怪，同時奇怪的是他身後有很多的衣架塑料模特兒。那些光著身子的塑料模特兒姿態各異，使他在畫面上非常不協調。我在想，那些面具和這些塑料模特兒會有什麼聯繫嗎？我衝進了照像室，我見了石渠通。我告訴他W失蹤的事。「你是在什麼時候見到他，拍下這張片子的？」

「上個星期。就在綠島大廈裡。他在那裡買那些塑料模特兒，而且，他買了一卡車！他在模特兒中間忙活時我正好也進大廈買東西，發現他很特別，而且他在那些塑料模特中顯得非常有感覺，我就拍下了他。我是偷拍的。可他會失蹤嗎？那是個奇怪的人。我能想到這一點。」

「他是個公關人。」

「搞公關可累了。也許壓力太大一走了之？我想是這個原因。」石渠通肯定地說。

我立即把這個情況打電話告訴了W的妻子。她也弄不清這是怎麼回事。「他為什麼會買一卡車的塑料模特兒呢？他從來也沒向我提過。他的出走是有預謀的，現在我相信這一點了。」她又哭了起來。已經六天了，仍舊沒有W的消息，我也很著急。在電話中我勸慰著她，卻一直在琢磨，面具和模特兒是什麼關係？我想，也許這兩樣東西就是這個時代的特徵？他會把它們放在哪兒？「我猜他肯定在放面具和模特兒的地方。」我深信不疑靈機一動地判斷道。

她愣了一會兒，「也許是，可哪個地方能放下一卡車的塑料模特兒呢？」

「不知道。但我預感他就要出現了。」

果然，就在第二天上午，也就是他消失整整一週的那天，我收到了一件錄音磁帶。一看封盒上的筆跡我就知道是W寄來的。一陣狂喜掠過我的心頭，我趕緊找了一臺walkman，把磁帶放了進去。

「人啊，我愛你們！」第一句就是W深沉而又響亮的呼喊。這句話似乎是某個思想家說的。「我自從當了公關人，才真正開始與人打起了交道。原來我是一個沉湎於內心、認為時間是凝止不動的人，可是，我後來發現一切都在迅速地發生著變化。我一共與一萬八千多人有過公關接觸，這一點，在三年的公關人工作記錄中我統計過。後來我就突然對研究人發生了興趣。在內心之中我把它們歸類整理。可最近得出的結論卻是：人是貧乏的，人的肉體是讓人厭棄的，人的靈魂沒有固定的面孔，只有面具才真正能顯現出當代人的靈魂。所以我在工作中日益地感到了壓力，我無法承受我每天都在與幾十個、上百個面具人打交道的現實，而同時我本人也已是一個面具人，沒有深度的人、假設人。我覺得最終可笑的是我自己，所以，我選擇了出走和死。人啊，我是厭棄你們的！」

W的錄音突然就斷了，中止了。W也許把話說完了，我立即明白了，他出走的全部原因。他的臉上蓋著海德格爾的《存在與時間》躺在校園裡草坪上的形象立即浮現在我的面前。人的本質是無法改變的，看來他不想成為一個平面人、沒有深度的人、面具人和假設人。問題是現在必須要找到他。他已經死了嗎？可他會在哪裡呢？我霎那間眼前一亮，因為寄磁帶來的包裹上有郵政編碼，就在郵戳上。我找到了那郵編，在地圖上查到了那個地區，在這座城市的東北角。我知道那裡有一幢八十八層三百米高的「望京大廈」，他肯定就在那裡！

我和W的妻子匆匆趕到了望京大廈。在客房部我們打聽到有一個男子在一週半（十天）以前曾經在這裡租了房子，並且運送上去一卡車的塑料模特兒。「我還以為他是開服裝公司的呢，可他不是。他是殺人犯嗎？你們找他幹嘛？」看過記者證後，服務員領我們上了樓。在電梯裡，我的手感覺到W的妻子的身體在顫抖。看來不祥的預感已經一同來到了我們身上，我輕輕地攬住她，她用求助式的眼神看著我，淚光瑩瑩。我們跟在服務員後面出了電梯。我們來到了七十九層，我知道現在我們已經在雲彩裡了，假如想做一隻小鳥，現在從窗戶裡跳下去就可以實現。服務員打開了門，屋子裡彌漫著一股強烈的刺鼻氣息，包圍著我們的是黑暗。服務員打開了燈，卻嚇得失聲尖叫了起來。

在屋子站得滿滿的塑料模特兒。它們大多是女性模特兒，也有一些是男性和孩童模特兒。不同的是，現在它們每一個臉上都戴著一副面具。這樣的場面是那樣的奇怪，充滿了激情、歡樂、靜止與死亡的暗示，我也情不自禁地啊了一聲。我們來到了另一間屋子，屋子裡同樣都是戴著面具的塑料模特兒，只是我們還看見W正靠牆坐著，他也戴著一副面具。我走上前摘下了它，發現他已經死了。他妻子在我背後大哭了起來，而這時我已看清楚他臉上帶著那樣一種癡迷的笑容，包含著幸福、滿足、狂熱和快樂，與多年以前的那個下雨天，我在H大學校園草坪上向他走去時，他拋開那本《存在與時間》時臉上的倏忽隱現的表情一樣。

直銷人

一

我和我夫人的婚姻發生了危機，其原因說起來十分簡單：不知聽了誰的建議，她在不久前居然異想天開地在我們臥室的屋頂上裝上了一架攝錄機，每一次做愛她總要拍下它們。她第一次裝上的時候我並不知道，當她把磁帶在電視上放出來時，我的確有些受不了。要知道，在生活中我多少有些循規蹈矩，我無法接受「男人是動物」這樣一個頗為偏頗的論斷。幾個月中，每一次事後品評前一天做愛的質量，她都要幽深地看著我說：

「你的激情不夠，為什麼結婚以後你看我的臉不超過兩秒鐘？你為什麼和我在一起沒有足夠的激情？」

對這種說法我予以了反駁。但隨後，在電視屏幕所放的錄像上，我發現我的確越來越沒有激情了，以至於最終喪失了做愛的全部興趣。那些磁帶充分地敗壞了我的胃口與欲望，但我沒有勇氣去拆掉安裝在屋頂角正對著我們那張床的攝錄機。在生活中，我是服從於她的。我的房間一切都按她的設計而裝置。比如鋪的是綠色的在我看來有些俗不可耐的地毯，在離地一尺高的地方裝上了燈，這些燈打開之後，與地毯的顏色映出毛茸茸的充滿了色情意味的光芒。牆上掛的是馬蒂斯的繪畫複製品，總之一切裝飾、擺設都體現了她的現實主義態度和愛想入非非的女性虛假浪漫主義，包括種種電器家具以及她必讀的婦女雜誌。

現在我正身陷於沙發之中發呆。我突然覺得婚姻是一個幻象，一個陷阱，一個怪圈，可我又沒力量逃離。我曾經看過英國一個作家寫的《出走的男人》，感動得都流了淚，可我卻沒有勇氣離開家。我從來沒有想到婚後的生活竟是如此的瑣碎、平庸、現實、滑稽、虛假、具體和平面化。是上帝讓亞當去尋找他的肋骨，並把她再與自己合二為一的嗎？我對此深表懷疑。但最終婚姻已將我變成了一個徹頭徹尾的平庸的人。我這樣想著，就更為憂慮了。

在公司裡我也是個平庸的人。當所有三十多歲的男人們猶如梅開二度般打算大幹一場，趁著好機會大掙其錢的時候，我卻安心於坐在辦公室裡替老板起草各種不必要的文件，拿著不高不低的薪水而心安理得。

我正在發愣，突然，門被打開了。我先是一驚，以為是太太回來了，我站了起來，把手中的一本婦女雜誌塞進了茶几下面。但進來的人我卻一個也不認識。

「你好！」他們依次漠然地向我打招呼，他們一共四個人，他們都穿得非常漂亮，閃著光亮的那種質地的西裝，紮著蝴蝶結。他們的眼睛並不看我，他們四個人的手裡都捧著東西，他們的個頭都一般高。他們進來後，忽然開始幹活了。他們先是拆掉了安裝在屋頂上的那架攝錄機，在稍下一些的地方掛上了一面液晶顯示的平面電視——這是最新的超薄型電視，然後他們挪去了裝滿了我太太的亞洲各國婦女雜誌的書櫥，在那裡安裝上了一臺加濕器。他們還在離我一點五米遠的地方擺上了一臺紅外線取暖器，最後又在廚房給我們安上了一臺第X代抽油煙機。他們不聲不響地乾脆俐落地幹著，彷彿就沒有我這個人似的。他們這樣一幹，我屋子裡的秩序已全然改變，儘管我內心拍手稱快，因為這打亂了我太太設計的秩序，我還是有些疑懼。莫非是我太太叫他們來的？我已非常害怕了。我問他們：

「是我太太叫你們來的？」

他們沒有理我，他們覺得似乎不必要回答我。他們安裝完畢，拍了拍手，然後排著隊整齊地離開了屋子。剩下我一個人身陷沙發目瞪口呆，我想，也許我要大禍臨頭了。

二

傍晚的時候我太太進了房門，她哼著歌，看上去她心情十分好，我發覺她改變了髮式，我有些結結巴巴地說：

「髮，髮型真迷人。」

她衝我瞪了一眼。這時她已經放下了她的蛇皮提包，突然發現屋裡的秩序已有了變化，登時勃然大怒：「是誰動了我放的東西？天哪，該殺的，改變了我全部的設計！我要殺了他！」她像一頭母獅一樣衝向了廚房，我知道也許她在尋找菜刀，我緊跟其後，因為我又聽見一聲慘叫，她發現了那裡安裝的抽油煙機。她站在那裡捂住臉嚎啕大哭起來。我連忙結結巴巴地給她描述了一番那四個人的情形。我說我也莫名其妙，還以為是她找來的呢。她止住了啜泣，將手放了下來，竟然破涕為笑：「這樣也許更好。那四個人，我也見過的。今天一大早他們就到我們公司去了，給我們每個人都擺了一套化妝品，而且現場操作，我的頭髮就是他們做的。他們叫廣告人，也叫直銷人，這是一種很有趣的人。他們那種化妝品品牌很不錯，我用了十分舒服，過來，親我。」她嫵媚地衝我看著，我便有些疑惑地走了過去，吻了她一會兒。

「是否變得漂亮了？我？」她有點威脅口氣地問我。

「是的。」我多半不願意如此回答。

「那得感謝那些廣告人，他們那樣嚴謹而又不辭辛苦地幫助美化我們的生活，一切東西都是先使用，然後再付款。不滿意可以退貨，有這樣完美的服務嗎？告訴你吧，那攝錄機也是廣告人給我們裝上的。」

「還沒有聽說過。」我老實地說。我想如果要是我安裝了那些液晶顯示電視機、抽油煙機、加濕器、取暖器，她非跟我拼了命不可。我不由得憎恨起那些直銷廣告人來。他們幹這一切的時候並不在乎我，甚至都不徵求我的意見而強行安排了我的生活。這是些什麼人？是誰給了他們這個權力的？晚飯後，太太興致頗高地看起了高清晰度液晶顯示電視，像一隻老實的貓拱在我的懷裡。這一剎那我幾乎要忘掉我們結婚三年來全部的衝突與爭吵了，我柔和地撫摸著她的頭髮，它們看上去十分蓬鬆和順暢。這天晚上，由於沒有攝錄機像一隻眼睛似地盯著我，我激情澎湃地和太太做了愛。但我的眼前老是出現那四個廣告人，直銷人。

三

我夢見了我在所有的場合都碰見了那四個廣告人。他們總是一言不發地排著隊，出現在我生活的各個場景當中，根本就不顧我的存在，按照他們的想法給我安上最先進的和最新的產品。他們用一切物品包圍我，他們從不與我商量，我想大發雷霆，可我卻找不到理由，我甚至想揍他們一頓，可手卻放在口袋裡根本抽不出來。為什麼總有人在規定著我的生活？以前是太太，可現在變成了這四個廣告直銷人。我無法和他們發生正面衝突，因為他們都甚至沒有開口向我收錢。然而我卻覺得越來越窒息，就好像我已在水下呆了許久，要「呼」地一聲衝出水面，我大口地喘著氣，就像一條快死的魚。

四

早晨我衣著筆挺地去公司上班，一進門，發現所有的人神色都有些尷尬和緊張，臉色有些鬼鬼祟祟的。在公司的中年人當中，絕大多數都是懼怕老婆的人。也許昨天晚上他們每一個人的老婆都在屋頂上安了一架攝錄機？想到這一點，我在內心之中既可憐自己，又可憐起他們來。畢竟我們是同病相憐，可又偏打腫臉充胖子，誰也不向誰說。

我心情複雜地推開了我的辦公室的門。一分鐘後，總經理秘書打電話說總經理要找我。我有些緊張：莫非要炒我的魷魚？因為據說總經理對我最近起草的文件中缺少了必不可少的形容詞，比如「威嚴慈祥的總經理」、「善解員工心意的總經理」、「具有大刀闊斧開拓精神的總經理」而對我頗為不滿，上個月為此已扣了我一百元錢，我十分緊張，在洗手間先將領帶西裝整理得絲絲入扣，才小跑著誠惶誠恐地來到了總經理室。

一進門，我就立刻發現了那四個廣告人。他們換了一套顏色淺一些的服裝，他們依舊表情嚴肅，他們的面孔因此而顯得老成持重。其實他們都是不到三十歲的年輕人。最為奇特的是，他們四個人的個子呈階梯狀依次變矮。他們依舊不正眼看我，而我卻發現總經理笑逐顏開。我發現廣告人正在給總經理介紹一種辦公桌，這種桌子帶旋轉設備，配上畫面效果，坐在邊上就感覺地球在腳下旋轉。總經理是一個主宰慾極強的人，他一定喜歡這樣的桌子。同時，廣告直銷人給了他一枝由國旗改製的很大的鵝毛筆，「使用它的感覺就像你是總統，而且你的確是的。」廣告人對總經理說。

總經理哈哈大笑起來，看得出他非常滿意。同時，廣告人還向總經理推薦了一種人和寵物狗都能吃的精美食品，可以免費在公司試吃一個月。「好！好！你！趕緊起草文件！大家從今天起！免費供應午餐！要加上『慈愛的總經理』！走吧！快！」總經理對我吼道，他是一個愛使用短促語句和感嘆號的人。我看了那四個廣告人一眼，趕緊離開了那裡。

我路過製作室的時候發現公司的職員都在竊竊私語，似乎在議論什麼，看見我走了過來，便都緊閉住了嘴。我走進去，一邊操作電腦，一邊悄聲問一個眼泡浮腫的男職員：「你們剛才在議論什麼？」

他顯然有些遲疑。過了一會兒，他把嘴附在我的耳朵上說：「我們在議論直銷人，他們已大面積出現在我們的生活中了。」

我停止了操作，轉過身：「你們也都遇到了那些直銷人？我也在昨天碰到了。」

他們驚愕地看著我。之後，大家又立刻議論起來。原來他們每家都出現了廣告人、直銷人。他們無法拒絕他們，因為太太們都信任他們。但大家都感到一種莫名其妙的憂慮和恐懼感籠罩著頭頂，不知道該如何是好。正在這時，我們看見那四個廣告人依次出現在走廊裡。他們神色漠然，表情專注地望著前方，魚貫著經過我們的工作室，沒有看我們一眼就出去了。我們都鴉雀無聲。

五

我回到家覺得非常疲勞，想洗個澡，我發現浴室裡已經裝上了最新式的淋浴器，而且水變成了熱霧，由機械手用毛巾擦拭。我知道這一定是廣告人的傑作。洗完澡，我又陷身於沙發中，太太沒有回來，我沒有她的指令不知該做點什麼吃的。我呼了一下她，但她沒有給我回電話。我焦急地看著錶，時間一分一秒地滑過，已經超過她應該回來的時間一小時了。我飢腸轆轆，正鼓起勇氣要為自己做點吃的，忽然門開了。我想是太太回來了。但不是，是那些廣告人，只是今天他們來了兩個。

他們依舊不用向我打招呼就進了我的房間！這事兒想來就令人恐懼和厭惡。我想我今天應該發火了，而且我太太居然也沒有回來，這一定與廣告人有關。他們抬著一箱看來是新式炊具向廚房而去。我跟上他們，看著他們將各種炊具，新式電飯煲、微波爐等放上了廚櫃，然後他們又向外走去。「喂喂，是我太太叫你們送來的嗎？拿走吧，我不想要。」

他們沒有理我，繼續向門外走去。「我要知道我太太到底到哪裡去了？告訴我！」我撲了過去揪住了一個廣告人的衣領。「你們這群沒有靈魂的不愛說話的傢伙，我太太呢？」

那個廣告人使勁地掙脫了我的手，「她今天不回來了。明天你給她打電話吧。」之後，他們依舊很有秩序地走了。

我在冰箱裡找了些青菜，沒有炒就把它生吃下去。我惱怒已極，因為我太太居然不回來了。這也許全是因為這些廣告人。從安裝那架攝錄機開始，我的生活就變得越來越糟。很多男人都告誡過我結婚就是一種妥協，也許我不能再這樣下去了。我像動物一樣氣鼓鼓地吃了青菜，坐在沙發上。房子裡很冷，我既沒有開空調，也沒有開取暖器，就在沙發上沉沉睡去。在睡夢中我夢見我太太已被廣告人包圍，她在逐漸離我遠去，我追趕著她，我大聲呼喊著她，可她並不轉身，我發現我大聲的呼喊並沒有發出一丁點兒聲音。廣告人和我太太漸漸遠去……

六

一大早，我剛到公司裡安排好事務，就給我太太打了個電話：「你昨天為什麼不回家？在哪兒過的夜，我很想知道。」

「哎呀我的好先生，別生氣，我沒有和別的男人在一起，你吃醋了說明你還愛我。我昨天參加了廣告人組織的一個活動，他們推銷一種專供女士睡的床，丈夫若不在家，躺在上面依舊可以做好夢並且感到丈夫就在身邊。我和大約幾百個女人，在一個大廳裡，都睡在那樣的床上，每人一張。果然如同廣告人所說，睡在上面丈夫不在身邊依舊可以感覺丈夫在身邊，而且我還做了很多美夢，夢見我抽獎得了一條南非寶石項鍊！噢，我的老公，我醒來後第一件事就是決定買下這張床。這樣即使你出差去我也可以做好夢了，而且又不用與別的男人通姦，叫你生氣，這有什麼不好？你有什麼說的嗎？」她的聲音已經由溫柔變得殺氣騰騰。我沒話可說，放下了電話。啊哈，太太找到了丈夫不在身邊仍具有丈夫功能的東西，那張該死的床。我突然感到非常荒謬，原來一張有奇特功能能叫人做美夢的床就能替代丈夫，我是可以被人替代的，我還有意義嗎？我只是一個符號，一個象徵，一種位置，一種配置嗎？我非常惱火。

這天中午，公司的全體職員果然吃到了廣告直銷人免費提供的人與寵物狗共食的午餐，而且說心裡話，味道還是不錯的。可我剛吃進去就想把它吐出來，在洗手間我用手乾摳了半天也無濟於事。

晚上回家，太太已經喜滋滋地坐在她中意的那張床上了。我進門以後，發現房間裡一天天地發生著變化，到如今已經面目全非。我發現我已被物所包圍，周圍是一個物的世界，而且這些東西以驚人的速度在變化更新。我覺得我已沒有了我的生活，我已事先被規定、被引導、被制約、被追趕，包括像那架攝錄機一樣被窺視，我能有我的生活嗎？

與此同時，廣告人在城市中急劇增多。他們走進了所有人的生活，並對他們發生作用。這時我發現我已不知道自己是誰了，我是誰？誰是我？我到底是什麼？我被誰所規定、複製、牽引？我茫然地問自己，但卻無法回答。

七

那些遊行的男人是在一天早晨出現的。他們在某一天不約而同地砸碎了所有廣告直銷人推銷給他們的東西，帶著壓抑已久的反抗情緒，來到了大街上，他們同時也向自己的太太宣戰了。我陰鬱地推開窗戶看著他們喊著激昂的、把矛頭指向廣告人的口號，走過我樓下的街道。這時我忽然來了勇氣，我要砸掉那些物品。我太太並不在家，她已被廣告人所迷惑，正機械地隨著廣告人的推銷而有節奏地使用各種最新的物品。我開始砸了，我砸得非常痛快，我哈哈大笑，我砸掉了長久以來所有廣告人抬進我家並且安置好的東西，我把它們砸得粉碎。我用了一個小時才砸完了所有的物品，我累得滿頭大汗，我想也許我同樣砸碎了婚姻的鎖，婚姻的幻象。

我衝下了樓，我站在空蕩蕩的大街上，這時我才發現那群反叛的男人已經沒有了蹤跡，恐懼抓住了我，但我已不可能再回家。我像孤獨的狼一樣徘徊了一會兒，就毅然向前走去，順著馬路向前走。我要離開這裡，離開家庭，離開太太和婚姻，離開那些廣告人強加給我的各種物品，我既茫然又堅定，但我已沒有退路。我一邊走著，一邊大聲向兩邊的高樓大廈喊話，叫那些想離開家的男人離開家，但所有的窗戶都關閉著，我發現如同在夢中一樣，我的呼喊竟然沒有一點聲音。

克隆人及其他

我發現我已經老了。因為一覺醒來，我已不知道這是哪一年。當我睜開眼去看我的妻子，我看見了一個白髮蒼蒼的老女人。過去我沒有強烈地意識到這一點，但這一天我發現我的記憶已出了問題。妻子還在熟睡中，但有一絲發亮的涎水從她那空洞的嘴裡流出來，在晨光之中閃亮，如同蜘蛛吐出的一條絲線。當然在白天妻子還使用假牙，我看不出她衰老的具體而又可怕的景象，如今她的假牙就躺在桌子的一杯水裡，她那如同小小深淵的黑色嘴孔使我驚恐。我想她是我的一面鏡子，實際上我已與她一樣老了。我們是一同變老的兩個人，我們相愛過，但我們還將在一起變老並且死去，這就是我們面臨的可怕問題。我就是在這一天早晨醒來，發現自己的左邊大腿不聽使喚，我偏癱了，我老了。

妻子起床叫我也起床時發現了這一點，但她並不太驚慌。「衰老已經不可避免地來啦。」她說。她總是溫柔地說話，這仍使我感到安慰，但好在她發現我仍舊是我，而不是一隻甲蟲，像卡夫卡筆下的人物那樣，早晨一覺醒來發現自己變成了甲蟲。我只是偏癱了，妻子把這個打電話告訴了我們的孩子，他們住得不遠，他們立即驅車來看我。我的兒子是一個高大的人，他一聽到這樣的消息並不急：「爸爸，我們可以想辦法給您進行神經修補與器官移植，最新的科學技術已經可以把任何人與任何動物的器官移植到需要更換器官的人身上。」我的兒媳是一個大夫，她甚至用喜悅的腔調說：「這樣進行了器官移植，您就可以再活七十歲了，而且會像個年輕人一樣活著，我們醫院已經開展了全面更換器官的業務，任何一個人，來到我們醫院，經過我們的仔細診斷，哪些器官需要更換，以及他想要更換什麼器官，我們就會立即給他更換，到我們醫院……」

「費用貴不貴？」我清楚地聽到我妻子打斷了我兒媳的話問了一句，現在她已裝上了假牙，看上去要年輕多了，她總是關心開支問題。

「一點兒也不貴！就像買一件電器一樣的價碼，而且還是在給身體更換零件啊。」

我妻子放心了，因為用買一件電器的價錢更換一件身體器官還是可以接受的，她居然在完全沒有徵求我的意見的情況下，只是看了我一眼就立即說：「好，我和他一起檢查，然後一起去更換我們需要更換的器官。」

妻子的這種堅決態度使我吃驚，過去她總是對科學技術持懷疑態度，但後來她在變化，可做出這樣一個十分重大的決定她並沒有多少猶豫，可見她也突然地意識到了死亡和衰老的可怕。兒子和兒媳當然是歡欣的，我知道他們希望我們多活幾年。「也許到某一天，我們會被告知，我們再也不會死去了呢，如今科學技術的發展已非常迅速，人類完全可以用科學技術來拯救自己，拯救人類的生命。」

我沉思著。我對科技的態度要保守和中性一些，因為我知道技術是沒有人性的；科學技術只有被有人性的人掌握才會好。它是一柄雙刃劍，比如核武器，如果被一個企圖毀滅一切的瘋子掌握了，那麼我們會跟他一塊兒完蛋。我這樣想著，兒媳婦已撥通了電話通知醫院派車。二十分鐘以後，我和妻子已經被接到醫院裡去，開始進行全面的、精細的檢查了。

這一過程是繁瑣的、流水線式的。由於常年在家，我已對醫院缺乏了想像力，醫院的現代化條件已非常高。在幾個小時的檢查當中，我就如同被放在了傳送帶上一樣，從一個科轉到了另一科，直至全部檢查完畢，到了下午，我和我妻子的檢查結果出來了。

我看到我要更換的器官有不少，大腦、心脾、肺、大腸以及食道。我妻子要更換的是大腦、肝、左眼、胃和小腸。此外醫生還在建議欄中寫道：「建議同時換血。」並附了詳細的價格表。回到家中，我和老伴都有一種莫名其妙的激動。這種激動由一種彷彿即將獲得新生的歡欣和也許將加速走向死亡的恐懼混合而成，我們計算了一下我們的存款，發現更換上述器官只需花掉我們一半的存款，我們終於決定去做更換器官的手術了。

這是一項既簡單又複雜的手術，一共持續了一週時間，因為每一個器官的移植並不是同時進行的，僅僅一週後，我和妻子就出院了。

這完全是全新的感受！我更換了大腦，因此我不再偏癱了，我還更換了心臟、脾、肺和大腸、食道，我妻子也更換了她想更換以及她需要更換的器官，我們完全變了一個人，在我的眼中，她的確一下子年輕了，我想這不僅僅是她換了血的緣故，我們摟在一起，為不再近距離地提防著死亡而高興。

但很快我們就都發現了一個問題，那就是移植到我們身上的器官都在發出著它獨有的命令。比如我的大腦，總在發出「到叢林裡去！到樹上去！」的指令，並且對其他男人產生了一種動物般的攻擊和仇恨心理，而我的心臟則總是發出「睡覺吧，吃飽了就睡吧」的指令。而我的肺，則需要更大的肺活量，促使我不停地運動才行，而且我的脾氣明顯地比過去大了，我的妻子則總想到水裡去。有一次我陪她去游泳，她居然像一隻靈活的海豚那樣用嘴頂著一個圓皮球在水中嬉戲，而且她的飯量變大了，大得嚇人，我立即明白了這是這些器官在固執地保持著它們過去的主人的性格的原因。因此，我迫切地需要知道我們到底被換上了什麼人、什麼動物的器官。

這時候我才被告知法律規定這是需要向患者保密的。我立即遷怒於兒媳婦，她眼淚汪汪地想了不少辦法，終於從醫院弄到了我們所更換的器官的來源，我的大腦竟是一隻雄性猩猩的大腦，而我的心臟則是豬心，我的肺是一個心臟猝死的年輕人的肺，他是一個游泳健將。而我妻子的大腦是從一頭聰明的海豚那裡移植來的，因此就很像海豚。但她的肝則來源於一個因生氣而死去的女人，我明白我妻子為什麼脾氣總是那麼大的原因了。

是的，我們現在又變得健康了，我們換去了我們日漸衰老的器官，但我們的身體是由大猩猩、豬、海豚和其他人的器官一同構成的，我們的身體因此也在發生著相應的變化。可以說現在引導和支配我和我的妻子的行動和思維方式的已是大猩猩、豬、海豚與另外的人。我們已變成了非我，但我們「健康」了，我們還能活不少年，但我們現在該算是什麼人？我應該是一頭大猩猩嗎？不是。而我的妻子則也沒有變成一頭海豚。一段時間裡我們接受不了這樣的現實，但兒子和兒媳婦告訴我們，實際上，在這座龐大的城市中生活的幾千萬人中，百分之八十的老年人和需要更換器官的中青年，甚至包括兒童，都和我們一樣被更換了別人和動物的器官！這不僅是時尚，而且如同感冒要吃感冒藥一樣成了必須。

這真是一種可怕的景象！我倒吸了一口涼氣，我可以想像得到這座城市有更多的人和我一樣，已變成綜合了動物和人的器官與性格的「綜合人」，已變得更像別的人，而不是我原來的樣子，我們仍在活著，但我們被改造了。現在，我妻子則有著海豚和一個肝火很旺的中年女人的性格，她總是喜歡泡在水裡，而我除了每天都爬到樹上去，就是不停地運動，然後睡覺。

那麼我們的兒子和兒媳婦呢？他們已經年屆五十，大約在我們以此種新的生活方式開始生活之後不久，他們的身上開始長出了一些奇怪的肉疣。他們本人就是大夫，經過診斷，發現那是一些化學合成物，類似一種硬橡膠。他們很快就發現，自己的身體正在變成一種類似橡膠的東西！

這種病例在城市中也突然地多了起來，醫院立即成立了研究部門，研究城市中人體的這種變異，什麼是人？從醫學角度講，人的大腦有二百億到二千億個神經元或神經細胞，人的膀胱比拳頭稍小一些，但它膨脹之後可以容納五百毫升的液體。人體約由二十四種化學元素構成，人體有六百五十六塊肌肉，人的皮膚一般在二平方米，一個體重七十公斤的男人體內約有鮮血五點二升，而一個五十公斤重的女人則有三點三升鮮血，人的腎臟每天過濾一百七十八升液體，食物從口腔到直腸的時間大約是十九小時，一個人的肺泡小囊鋪開來有一個網球場那麼大，人微笑時牽動十七塊肌肉，皺眉時牽動四十三塊肌肉，人大約一年要眨六百二十五萬次眼……

人就是這些。但現在，城市人在科學技術的發展下正在變成「綜合人」和「橡皮人」，因為醫學技術研究表明，現在很多城市人變成了「橡皮人」是他們十年前開始食用海洋中受海水污染的魚類、陸地上受污染的牛豬羊和被污染的土壤所栽種的小麥所致。人體的這種化學異變竟然是長時間慢慢進行的，異變是無法察覺的，但卻不可阻擋，我的兒子和兒媳婦在不知不覺之中變成了「橡皮人」！

但是接踵而來的是一場災難使我們更加感到困惑和悲傷，我的可愛的孫子，我兒子的兒子，在一場車禍中喪生了。

他是一個年輕人，只有二十歲，還在讀大學。他的突然離世使我們感到了悲痛，但就在這一天，我的兒媳婦興高采烈地告訴我們：「有辦法啦！國家下令允許符合條件的人進行克隆！」

什麼是克隆呢？這還是上個世紀末的事兒，克隆是一種生物技術，它指的是生物體通過身體細胞進行的無性繁殖。在上個世紀，由於受到宗教觀察和道德倫理觀念的嚴重制約，各國政府都嚴禁克隆人，那時候由於有一隻叫「多利」的蘇格蘭克隆綿羊和兩隻美國俄勒岡的克隆猴的誕生使人類社會有了一個鮮活的話題，人們都震動了。但正如當時的美國總統克林頓所說：「人類的每一個生命都是獨一無二的、都是一個奇蹟，這一奇蹟不是實驗室中的試驗所能造出來的。」克林頓認為，人體克隆勢必導致人類對一向信守的宗教信仰和人類的概念產生深深的憂慮。

但是這個世紀不同了，我們的兒媳婦說，克隆技術已是一個簡單的醫學技術，我們同意了對孫子進行克隆。

整個手術進展順利，醫生從我孫子的屍體上取下兩個改換了細胞核的活細胞，注入到已去除細胞核的受精卵中。十個月後，試管克隆人——我們的孫子，這次一下要了兩個，一模一樣的孫子誕生了。

我們一家人又十分完整了，這當然是一個和諧的家庭，我們照了一張合影。但照完之後，我仍舊喜歡呆在樹上，而我妻子則仍像海豚一樣呆在水中，動不動就大發脾氣，把皮球扔向樹上的我，我的兒子和兒媳的身體越來越橡皮化，我們的孫子則健康地成長著。毫無疑問，我們是人類無數個家庭的縮影，我們活著，在地球上生活著，但我們發生了變化，人類也發生了變化。我們生活得很幸福，這一點你可以從我們滿臉笑容的全家福上看出來，儘管我們是綜合人、橡皮人和克隆人。

第二輯　烈焰黑唇

地圖愛好者

在城市的地圖上，城市被顯示成平面的形態。城市的空間被壓縮了，被分割成了不同的色塊，交通線、飯店、道路和居民區被用不同的符號標示出來。如果你要進入一座城市，這座城市是你並不了解的城市，那麼你就需要這樣一張地圖，然後，你進入了它。

城市地圖，以及任何其他地圖，都是一個咒語，一句「芝麻開門」。但是，也有依靠地圖進入一個區域而迷失方向的，很多人本以為能夠依靠一張地圖而進入一座城市的核心，但他在其中卻會迷失得更深。

那麼，做一個地圖愛好者呢？地圖愛好者應該是秘密的探勘者和發現者。他從平面的地圖上，可以復原整個立體的城市，他進入它，在裡面找到他想要的東西，但他想要什麼呢？

有一個地圖愛好者，叫譚甫雄。這是一個高個子青年，他今年三十三歲，但還沒有結婚。他大學畢業後一開始在這座城市的市政廳門口站崗當交警指揮車輛，後來，出於對喧囂的厭煩和逃避，他進了一家圖書館當了一名圖書管理員。現在，他可以安靜地生活了，這是他夢寐以求的事情。他來到這座龐大的城市，就是為了能夠在一個安靜的地方靜心生活的。

當他在圖書館中紮下根來，他就可以安心地當他的地圖愛好者了。他搜集了很多地圖，在不同的時期。在上中學時他就迷戀地圖，對於他來講，地圖就是整個世界，面對一張地圖，你原地沒動，但實際上你已經遊歷了那裡，你已經了解了那裡，因為你讀懂了它的符號標示，讀懂了構成它的內容，你進入了它，而後又離開了它。

他展開了那些舊的藏品和新的藏品，那些城市地圖。中國的每一座大城市都有它的地圖，其他的諸如省份和國別，則被印成了地圖冊。在面對一張張城市地圖的時候，他就彷彿遊歷了它。但重要的是，實際上他原地沒動，只是心動。這如同禪宗中的一句偈語，他依靠地圖進行著他的另一種生活。

確切地說，他開始用地圖來回憶，來進行可能的生活。在他的經歷中，尤其是學生時代，他一共喜歡過三個女孩，如今，這三個女孩就隱沒在他面前的這一大堆城市地圖裡了。而且，這三個女孩無一例外都是社會活動能手，她們一定像候鳥一樣穿梭在這些城市中，有的，甚至還短暫地飛出了這些城市所寄居的褐黃色大陸。從這一點上看，他就無法把握和想像了（他從不存外國地圖），他不斷地想像著她們在這些城市中的生活，漸漸地，在他那虛幻和朦朧的視線中，他的確看見了她們。她們一個個地分頭出現在他的視線中，她們在道路上行走，她們工作、與人交談、購物、睡眠。後來，他看到了其中兩個姑娘的結局，她們都已經結婚了，對婚姻生活安之若素，像一隻候鳥終於停留下來，變成了一隻居家鳥一樣，和另一個男人（為什麼不是他！）生活在一起。

面對地圖，他看到了這些。這使他痛苦，因為他覺得他是一個孤獨的人，在不同的時間段中，他愛過她們。但似乎緣分未到，他又相繼地失去了她們。但是他還想著她們，尤其是在工作了一段時間，當了幾年的交通警察，他就更加懷念大學時代，那是他激動而又純靜的時期。在想像中看到了自己喜歡過的兩個女孩的結局之後，他又看到了另一個女孩，她像一頭活潑的馬鹿一樣在城市之中跳躍，她從不肯停歇。而且，這個女孩，也和他生活在這同一座城市中。

因此，現在，在閱讀了很多城市地圖之後，他就把他生活著的這座城市地圖鋪開在自己的面前，他每天都在閱讀它，想像著它的立體模樣，它的擴展。他生活著的這座城市是一座很大的城市，大約有幾百平方公里，而且像某種地衣一樣仍舊在向四周生長。他把視線放在地圖上不同的色塊中，他希望自己能看見她的身影，蘇葉的身影。蘇葉是一個個子很高的姑娘，她活潑可愛，能力非凡，她學的是經濟專業，因而她可能在這座城市的銀行或者證券部門工作。但是，有可能通過地圖，在這座城市中找到她嗎？

他出現在一些城區中，而在地圖上，這些城區是被不同的顏色、符號、線條所標示出來的，他在尋找她，在期待她。他像一道影子穿越了城市，他要找到她。但是這座城市太大，你很難在街上碰見一個你認識的人。

因此，在白天的尋找中他更多的時候都是無功而返，這使得他在夜晚加倍地注視地圖。凝視地圖，地圖上的一切會因此而動起來，變成光線、汽車尾氣、城市噪音、風動的旗和城市道路，以及湧動在街道上的魚群一樣的人群。這使他有一種憂傷的感覺。由於在圖書館工作，那種緩慢和安寧的氣氛使他覺得鐘錶走得很慢，使他走在繁華街區，覺得這裡的時間與在圖書館的時間是不一樣的，一處是凝固的、緩慢的，而另一處則飛速流動，「時間像是一條河」，或者時間像是一束不停地噴吐的禮花。在兩種時間中生活，在這座城市中，常使他的心跳不規則。

但是，一個地圖愛好者的願望就是去證實大地與城市，證實在地圖上已經出現的，並且去發現城市中可能出現的東西。比如蘇葉，這樣一個讓他久久不能忘懷的女人也是生活在這座城市中，他為什麼不可以發現她，並努力地想辦法和她生活在一起？

他覺得自己應該而且有必要和一個女人生活在一起，這個女人應該是他過去愛過的。讓他重新與陌生的女人交往並成為戀人，於他已很艱難。因為熱情屬於消耗型的，你消耗了多少，它就少多少。他過去消耗過一些，因此他要保存好自己尚沒有消耗光的東西。所以，他注定重新找到蘇葉。

也許，蘇葉也只是他記憶中的一個影子、一道閃電？她從來也沒有他想像的那麼美好，她不過是一個很俗的女人，她幹與金錢相關的行當，她的交往五花八門，他想，那麼，在凝視地圖，並且在地圖上看到了她的影子，就真的有必要去找到她嗎？

他在城市中穿行，他在尋找。有一天，他坐到了公園中的一條長凳上，他睡著了。他夢見有很多隻鳥在一棵大樹上聚集，而且越聚越多，鳥的翅膀的搧動和樹枝的擺動混為一體，把日光切得很碎。似乎他就是這棵樹，這棵正在不停地生長著的樹。後來，他醒了，身上落了幾滴白色的鳥糞。他揉了揉眼睛，發現他的旁邊坐著一個女人。

他愣了一下，因為他並不認識那個女人，但她卻正在關注並焦慮地看著他。

「咱們還是回家吧。」她對他說。

「什麼？你說什麼？」

「咱們回家啊，我在城裡找了你一個星期，今天終於找到你啦。」她說。

他看著她，她大約有三十歲，皮膚很白皙，臉上有一種憐愛的表情，彷彿他是她的孩子，他迷失了方向。她的眼睛很大，很幽深，額頭上有一些細小的皺紋。

「你認識我嗎？」他問她。

「你是我丈夫，我怎麼能不認識？莫非，你是得了健忘症還是瘋了？對，你是瘋了，大夫說你可能有抑鬱症，可我正要帶你去醫院時，你就不見了。你讓我好找，我找了一個星期，今天才終於找到了你。我們還是一同回家吧。」

他看著她，是的，他在找另一個女人，如同她在找她的一個男人，他們都消失了，在城市中，或者在城市地圖中。他肯定自己不是她要找的那個男人，他說：「我叫——」

「你叫莫非，」她急促地打斷他，「好啦，跟我回家吧。」她牽住他的手站了起來，他只好跟她走。他擦去身上的那幾滴鳥糞。

「我真的叫莫非？」他半開玩笑地問她，但她憂心忡忡地看著他，「我傷害了你，因此，你連自己叫什麼都不知道了。」

「你傷害了我？」他問。

「是，我傷害了你。因為我到醫院說我丈夫得了抑鬱症，可你認為自己並沒有得什麼抑鬱症，於是你大動肝火，在大夫還沒有到家之前，你逃跑了。」

她沉默了。他在被她當成另一個人，進入著另一個角色。但是，似乎有一種不可抗拒的力量，在把他推向這個角色。他說話不多，他只是聽她講，講他們在一起的生活。他覺得她的精神也許有問題，但似乎又很正常，他跟著她擠上公共汽車，又鑽進地鐵，然後他們來到了一個居民小區，然後，他來到了她的家。

「咱們又回來了。」一進屋，她似乎非常快活，她哼著歌，整理房間、沏茶倒水，還餵魚缸裡的魚，「你什麼也別幹，你一動手，什麼就要被你搞壞。」他正要去搬動茶几，卻遭到了她的嗔怪。

「不，我要收拾房間嘛！」他忽然進入了這個叫莫非的角色，執拗地說。

「好吧好吧，你幹吧。」她無可奈何，「那我去做飯了。」

這一切都像是誰按動了某個開關，然後就按照固定的程序走下來了。他們吃飯、聊天，打掃房間，看電視，即使是沉默，他們之間也有一種默契，彷彿他們真的就是一對夫妻。不知不覺，夜已深了，該上床睡覺了，他才有一些恐慌。她柔情蜜意地把他拉進了臥室，他拒絕著，但是不行，彷彿妻子在要求著丈夫，他必須和她同床共枕。這一夜他是在局促之中度過的，他擁抱了一個女人滾熱的身體，但是他對她毫無愛的激情。他感到了自己性格中的軟弱成分，或者，也許這個女人有一種使他無法擺脫的魅力，讓他扮演著「莫非」這個人？

第二天一大早，他去上班，她憂心忡忡拉著他：「你一定要回家來啊。」

他點了點頭，目光閃爍地下了樓，在單位，重新面對那些圖書，他呼出了一口氣。但是，她的體溫還留在他身上，昨天那一切都發生了，他有些心神不寧，他又攤開了他最喜愛的地圖，發現城市地圖在他的視野中漫漶一片、模糊不清，他無法確認他昨天在哪些地方呆過，他在哪裡見到了這個女人，又和她走了多少路，來到了她的家。他有些心慌意亂，因為他本來是在城市中找一個女人，卻又被另一個女人帶走了，擔當了另外一個角色。在圖書的包圍之中，他多少有些心安，因為這裡是他的世界，寧靜得甚至是鐘錶之外的世界。可他又覺得有一些事情打破了這種寧靜，比如他居然扮演了一個叫莫非的男人，並且進入了他的生活。他這才想起來在她家中他並沒有看到過莫非，也就是她丈夫的照片。這如同一個謎，讓他多少有些動心：他真的很像另一個人嗎？

下了班，他茫然地走出了圖書館，鑽進了地鐵，任由地鐵把他帶走。他走出了地鐵站，發現自己又回來了，他又回到了她所居住的地方。

他按響了門鈴，門開了，她在門內欣喜地看著他：「為什麼你不自己用鑰匙打開門？」

他愣了一下：「……好像丟了。」

「你總是要丟三落四的。」她又有些嗔怒，她嗔怒的樣子還怪動人的，他想。他走進屋去，發現她已經把飯做好了，長長的餐桌上的燭臺上點著蠟燭，有煎好的牛排、拌好的蔬菜沙拉和炒飯，還有葡萄酒。他像主人一樣坐下來吃飯，一邊和她說話，她在一家航空公司票務部上班(她說的)，就和他聊在單位的情況。他們的確已很默契了，吃完飯，她去廚房洗碗，他坐在沙發上打著嗝，打開了電視。過了一會兒，她從廚房裡出來，擦乾淨手，也坐到了沙發上，偎依在他的身邊，一起看電視。

這就是當代夫妻生活的一個典型場景，婚姻、愛情，這一切都歸結到兩個人一邊剔牙一邊心滿意足地坐在沙發上看電視，他想。忽然他像想起了什麼似的：「咱們的影集在哪兒？我怎麼找不到了？」

「在櫃子裡嘛。」她站起來去找，她找到了它。他的心呼呼亂跳，她和他坐到了一起，兩個人坐下來一起翻看影集。他發現，那個在照片上和她有無數合影的男人莫非，和他有些像，主要是神態和氣質十分接近。她給他翻看那些厚厚的相冊時，不停地回憶當時兩個人生活的情景。在她的追憶中，他聽清楚了這個叫莫非的人是一個醫生，他們生活得很幸福。因為從照片上看，他們去了很多地方，中國的名山大川他們幾乎都跑遍了，他們還去了泰國、新加坡、日本和韓國，在這些畫面上，那個叫莫非的年輕醫生總是在笑著，而她有時候眉宇間還有一絲憂鬱。他一邊和她翻閱著，一邊進入著他們的生活。夜又深了，他們打算去臥室睡覺，但這時，響起了敲門聲。

是的，這時響起了敲門聲。她去門邊通過窺視孔向外看了一會兒，輕聲對他說：「像是收水電費的，不管他。」

他們走進了臥室，鑽進了被子如同魚游進了大海，而他是一條冒名頂替的魚，是一條迷失的魚。在睡夢中，他夢見了星光熠熠的夜空，這夜空像鑽石滿天閃爍一般，而他則回到了童年時代，像一隻青色鳥一樣向著鑽石閃爍的夜空不停地飛奔。

從他和她相識那一天起，他覺得自己在逐漸地進入一種新的生活。起初他還有些緊張，但後來，他越來越放鬆了。就好像他真的就是那個莫非，還有一個在航空公司工作的妻子，他已經習慣上班下班，吃飯睡覺，他在漸漸地進入這樣一個角色。而且，一天天地他也越來越喜歡她了。這是一個非常能幹的女人，她懂得生活，會把自己的生活調理得很好，又有生活情趣。但是，她可能只是失去了記憶，這個叫莫非的男人傷害了她，從此以後離開了她，再也不回來了。她在找莫非時找到了他，他和她開始了一種新的生活。也許生活有它固定的軌道與邏輯，它總是令我們瞠目結舌地發生著也許根本不可能發生的故事。

他坐在沙發上，酒足飯飽之後心滿意足地想，但是每天晚上，就在他們要進入臥室休息的當口，都有人來敲門，都是她去趴到門上通過窺視孔看，然後說他仍是查水電錶的、直銷人、收廢品的、流浪漢和強盜，總之她就是不打開門，讓那敲門人進來。他覺得有些奇怪。但是，門是安全的屏障，門被打開，那麼那種安全感就會被破壞。可一個在固定時間敲門的人，又會是誰呢？如果是真莫非回來了，那我該怎麼辦？因此，他也不希望打開門。

大約過了十天的時間，他已經徹底地轉換了角色，並且決定到派出所把自己的姓名改成莫非。這天晚上，又有人在按動門鈴，而且一次又一次在不停地按動門鈴，這一次，是他推開了她，打開了門。

外面嘩地一下子進來了三四個男人。他們一看見她就撲了上去，其中有一個穿白大褂的對他說：「你是她什麼人？」

「我是她的男朋友……」

「她從精神病院逃出來有十天了，我們得把她帶回去。」

她果真是個瘋子……

「你還不了解她吧？」大夫問他，他愣住了，搖了搖頭。

他仍一邊看著工作人員給她穿上橡皮衣，一邊說話。她的力氣可真大，都快把他們打倒了。但是奇怪的是，這個時候他根本沒動，因為她是個瘋子，他確認了這一點，所以他沒動。他們拖著她走出門時，她絕望地看著他，那種目光令人肝腸寸斷，但是他仍舊沒有說話。因為她是個瘋子，現在他知道這一點了。

「她殺了她丈夫，所以她得被我們看著。你的命真大，她沒把你幹掉。」大夫看著他，然後走了。

他一個人走在回宿舍的路上，這些天，一度他成為了另一個人，進入了另一個人的生活，現在他又出來了。路上有小姑娘在向他兜售玫瑰花，他買了一束，卻哭了起來。他突然發現他已愛上了她，愛上了那個殺死了丈夫的瘋子，而且剛才她看他的那種求助的絕望的眼神也讓他揪心。他奇怪自己為什麼不上去把她截下來，然後一起逃走。他發現自己是可恥的，也是軟弱的，所以他哭了。回到家中，他在衛生間燒掉了那些地圖，他不再想當一個地圖愛好者了。然後他一邊吃著那些殷紅的玫瑰花瓣，一邊想著那個女瘋子，軟弱地哭泣著。

你敢再進那間教室嗎？

通過一個長鏡頭的視線去看那所學校，它在大多數時間裡都是靜謐的。因為孩子們還在上課，整個校園裡幾乎都看不到人，但是有聲音，有各種各樣的聲音在空氣中匯聚。一所完全中學，一所由初中部和高中部構成的完全中學，一所由兩座Ｌ型教學樓、一座實驗樓、四個籃球場、兩個排球場、一個大型田徑場和幾棟教工宿舍樓構成的學校。也許可以把這些看成是一條魚的骨頭，那麼魚肉呢？是那些隨著下課鈴聲從教室裡湧出來，像噴泉散落的水珠一樣活躍在校園裡的學生嗎？是胳膊下夾著課本、面帶微笑走過孩子們中間的老師嗎？是那些草坪、花壇，或者是小型噴泉在太陽光的映照下閃現的一道小型彩虹嗎？

在另一間屋子裡，校長在和一個女孩子說話。校長是一個五十多歲的瘦男人，那個女孩很小，看上去像個高中生，可實際上她即將成為這所中學初中部的語文老師了，她馬上要去上第一堂課。她有些慌亂，校長告訴她你不要慌，不要怕，你什麼都不用怕。鈴聲響了，校長說，你去吧，你什麼都不用怕，你很快會適應下來的，學生們都在等你呢。

一些蝴蝶在草坪上飛，一些蜻蜓在花壇上空追逐。這些她都看不見，她心想我要去上第一堂課了，我從此開始我的老師生涯了。我不用慌，我馬上就要走進那間教室了。

一個十四歲的少年和一個十三歲的少年慢慢地從學校大操場邊的一條沒有水的水渠中探出腦袋。剛才他們是躺在這裡的。他們躺在那裡直到操場上一個人也沒有了。這是五月的一天，空氣有些燥熱，但卻已顯露出涼爽的味道，這種味道他們已經聞到了。

他們還聞到了鈔票的味道。一共五張一百元的鈔票，他們躺在那條兩邊栽種著很多挺拔的小白楊的水渠中，使勁地聞那幾張鈔票。鈔票是嶄新的，因而它有一種嶄新的味道，這味道讓他們迷醉。沒有比錢更好的東西了，這一點他們是知道的。

他們慢慢地從乾渠中爬起來，望著遠處的教學樓，就是孩子們一下子消失在其中了的那幢綠色教學樓，互相對望了一眼，高個子嘴裡發出了一些響聲，用手比劃著一些什麼。他們站起來，開始向那邊走，你會明白他們是兩個聾啞人。

他們走了幾步，忽然矮個子男孩叫了一聲，他俯下頭，從鞋底上拔下一枚圖釘，這圖釘扎透了他的鞋底，扎透了他腳底的皮膚和血肉，讓他疼得尖銳地叫了一聲。他們向四周望望，然後兩個人彎下腰察看傷勢，並且在使勁地拔去圖釘。

一些剛才因為有很多學生出現而受了驚嚇的毛毛蟲，因為孩子們又走進了教室，開始從樹葉背後出來，大口地嚼著樹葉。牠們發出的沙沙聲像沙子在流淌一樣。

這個春天的毛毛蟲比任何一個春天的毛毛蟲都多。在校園裡有的樹上，牠們幾乎都把樹葉吃光了。然後牠們就像樹葉一樣掛了一樹，看上去十分嚇人。因為在上一年的冬天，這座城市有很多人，在拿著汽槍打麻雀。他們把麻雀都快打光了。他們是為了吃麻雀才這樣幹的，這些成年人打光了麻雀，吃光了麻雀，現在沒有麻雀來吃那些毛毛蟲了。

他們，那兩個聾啞人俯下頭去拔那枚扎進矮個子鞋底的圖釘，他們做著手勢，這手勢是表示憤怒和詛咒的。他們俯下頭，那枚圖釘是那個高個子聾啞少年拔出來的，他把它舉了起來，對準天空，借重光亮來察看它，其實在他們剛才低頭的時候，他們的後腰上別著的鐵錘露了出來。

那是兩把小型鐵錘，被他們分別別在腰上，不彎腰的時候還看不見它。他們別著那兩把鐵錘要幹啥？

遠處，很遠處那湛藍的天空中，有一架噴氣式飛機正徐徐地飛過，它拖出了一條長長的白線，白線凝止在那裡很好看，它們一直沒有消散，這一點兩個聾啞少年並沒有看見。

那些隱伏在楊樹葉上的毛毛蟲也沒有看見，牠們的視力只及眼前的樹葉，牠們像一支大軍，瘋狂地吃著樹葉，吃出了一種非洲土人的原始搖滾節奏，嚓嚓嚓，嚓嚓嚓，嚓嚓嚓……

幾隻麻雀飛到一棵樹上吃毛毛蟲。牠們吃了幾隻後，被毛毛蟲的大軍嚇跑了，牠們驚恐地像一串球狀閃電般飛越操場邊上的牆，不見了。

在教室裡，她站在講臺前，看著臺下幾十雙眼睛在盯著她。那些眼睛又黑又亮，非常密集，彷彿是魚的眼睛，讓她感到暈眩。她給他們講第一節課。她發現他們都很沉默，他們還沒有接受她嗎？

「我一開始有些緊張，但後來就好了，因為他們看上去很乖，即便是回答問題，他們也不大聲說話，他們很乖，我就不緊張了。他們都已經上初中一年級了，可他們都很乖，也許是因為他們對我不熟悉的原因。校長，其實一開始我就錯了。因為當我轉過身，有一個女孩子就大聲哭了起來。」後來她在講述那天發生的事時這麼對校長說。

她在黑板上抄寫一段課文，然後聽到了一個女生的哭聲。那種哭聲中含有恐懼、膽怯和憤怒的意味，她想莫非我錯了？也許他們並不乖？她轉身，看見了那個哭出聲來的女孩。她有兩個像紅富士一樣紅的臉蛋，她在大聲地號哭著。她走近她，立即明白了她哭叫的原因。在她的桌上，爬著一隻毛毛蟲。牠正爬在她的課本上。這是一件小事情，她想，於是她壯著膽子，把那隻毛毛蟲用手指拾起來，然後扔到窗外了。「不要怕，」她對她說，「我已經把牠扔到窗外了。」

「那個女孩不時告訴我，是另一個男孩把牠放進她的文具盒的。我問了那個胖胖的男孩，他承認了。我說，你下課後到我的辦公室來一趟。就在這個時候，我透過窗戶看見了那兩個人，他們比我班上的學生略大一些，一高一矮，正在向我們的教室走過來，走得不緊不慢，像是兩個閑散的少年。這時候我的課已上了一半了。除了那隻毛毛蟲，整個教學過程十分順利。」她後來對校長陳述說。

那些樹上的毛毛蟲，你要盡快與園林局聯繫，叫他們派一輛農藥車來噴一些藥，校長對後勤主任說，牠們太多了，都快把校園裡的樹葉全吃光了。而且，最關鍵的是牠們經常掉進學生的脖子裡，把學生們給嚇壞了。而且，還發生了三十多起男生用毛毛蟲嚇女生的事。三十多個女生都告了狀，必須要盡快給校園裡的樹噴上藥，否則，樹葉要全讓毛毛蟲吃光了。

喂喂……園林局嗎？我是地區二中，我們校園裡發生了蟲災，所有的樹……你們知道這件事？全城的樹都被蟲吃光了樹葉？什麼？叫不到農藥車？在校園裡放飛麻雀？喂喂……校長，剛才園林局的人說他們緊急從另一個縣弄來了一萬隻麻雀，就要在全城四處放了。

兩個聾啞少年還在向那幢教學樓走。突然，那個矮個子聾啞少年面容變得十分緊張。因為他看見了一個可怕的場景，有無數隻灰黑色的飛行物在城南一片空地上飛起來，像漸漸變大的黑色雨點一樣向他們這個方向衝來。很快，那些雨點就到了他們身邊，在他們的頭上掠過，牠們上下翻飛，一下子就撲進了樹林，牠們是成百上千隻麻雀，被園林局放飛以後，開始吃樹上的毛毛蟲了。

「關鍵在於要標本兼治，」市長在接受電視臺的採訪時說，「要放養麻雀，我們從郊縣買來的一萬隻麻雀花了幾十萬元，而過去我們市是到處都有麻雀的。市人大將通過一項法規，禁止再捕獵麻雀，否則將處以重額罰款，並沒收槍枝。而且我們馬上開展一次回收汽槍行動，麻雀是個寶，我們市少不了。過去麻雀是四害之一，那種觀念是錯誤的，沒有麻雀，我們的樹就要遭殃了。噴灑農藥只治標不治本，放養麻雀才能讓生物圈變得平衡，才能達到治本的效果。」

那一群麻雀紛飛的景象讓兩個聾啞少年癡迷地看了好久，他們有好久沒有見過這麼多的麻雀了。他們站在那裡，表情多少有些怪異，然後，他們都流出了驚喜的眼淚。他們為什麼因為看見那麼多麻雀而流出驚喜的眼淚呢？

「他們向我的教室走過來，有些心不在焉。因為那隻毛毛蟲，一開始有的緊張勁頭又來了。我還從來沒有抓過毛毛蟲，可為了在學生面前表現得不膽怯，我生平第一次把毛毛蟲用手指拾起來，然後我把牠扔出了教室。我戰勝了我自己。那一刻我是非常興奮的。我當老師第一天，就敢抓毛毛蟲了。但當那兩個少年向我們的教室走過來的時候，我就有一種不祥的預感。」她對校長說。

當她那天抬頭看見那兩個少年向教室方向走來的時候，有些迷茫，覺得他們一定與她有關，但她並不認識他們，也從來沒有見過，今後也再也見不到他們了。事實也證明了這一點，她抬頭看了他們一眼，然後又轉身在黑板上寫字了。這個時候，她的學生們驚叫了起來。

「我一轉身，發現有成百上千隻麻雀，蜂湧而至，一下子都往我的教室裡衝。牠們上下翻飛，啁啾鳴叫，撲拉拉地在我的教室裡亂飛，有成百上千隻麻雀衝進我的教室，為什麼會有這麼多麻雀衝進我的教室呢？我一直弄不明白。教室裡一下子亂了，很多學生都驚呆了，他們尖叫著，但卻沒有一個離開教室的，他們都趴在了桌子上。麻雀們都貼著屋頂在飛，牠們旋轉、飛動，形成了一個順時針的大轉盤在教室頂上旋飛。這個景象是十分奇異的。我站在講臺上，當時真的是呆住了。麻雀們大約在教室裡飛了足足有三分鐘，然後牠們又像一股煙一樣飛出教室，消失在天空中了。」

教室裡出現了片刻的寧靜，她和學生們都處在一種驚愕之中。這一事件突如其來，彷彿一隻手一下子深入到一個惡夢中一樣，大家都有些恍惚。空氣中有粉塵和鳥雀羽毛的味道，在半空中，作為佐證，有幾片羽毛正在向下緩緩降落。沒有人伸手去接它。這時候，兩個聾啞少年，一個穿藍衣服，一個穿黑衣服，他們走進了教室。

「我問他們，你們要找誰？他們似乎沒有聽見我的問話，而是直接向教室裡走。當時我要是攔住他們就好了。他們似乎什麼也聽不見，一進門就向裡走。全班的學生還沒有從剛才麻雀衝進教室的驚愕中醒來，怔怔地看著他們走了進來，然後，他們走到了范小江的課桌邊，於是就……」她哭著對校長說。

矮個子聾啞少年迅速地從口袋中掏出一圈白繩子，一下子就套在了學習委員范小江的脖子上，將他向後用力一拉，范小江把頭仰了起來，他喘不出氣。高個子聾啞少年從後腰上取出了一把鐵錘，在范小江的頭上開始砸了起來。一共砸了十幾下，砸得很狠很快，大家都看見范小江的血和腦漿流出來了。教室中一下子大亂了，女生們尖叫著向外跑，男生有大膽的，舉起椅子向那兩個聾啞人砸了過去。

「我愣了一下，因為他們的動作太快了。我都來不及反應，但我還是撲了過去，我去奪他們手中的一把鐵錘，我一把扯掉了高個子手中拿著的一把鐵錘，但這時矮個子從後腰上也拔出了一把鐵錘，敲在了我的腦袋上，我也暈了過去。後面我什麼也不知道了。」她對校長說。

警察很快就抓住了兩個聾啞少年。很快查清楚他們是附近聾啞學校的學生。他們被雇傭殺了范小江，佣金是五百元人民幣，就是他們躺在學校水渠裡聞過味道的那幾張鈔票。雇傭兩個聾啞少年殺死范小江的是范小江的同班同學、文體委員羅賑。他們都才十二歲。范小江因為做作業和羅賑吵過幾次架，羅賑懷恨在心，就想把他殺了，雇人把范小江殺了。

「少年暴力在我們這個社會越來越多了。就在不久前，北京有兩個十歲的男孩，把一個七歲的孩子推到一個土坑裡活埋了。就因為這個男孩用腳踢了他們的足球，」電視臺「焦點話題」節目主持人熊萍在電視上說，「XX省XX市的這起少年雇傭殺人案，也是少年暴力的一次新的表現，現在，兩個聾啞人和雇傭他們殺人的人都已被收審，等待這些未成年人的仍將是法律的嚴懲。但是，為什麼在今天，少年暴力反而越來越多，這是需要全社會關心的問題，這不僅要依靠我們的家長和老師，還要依靠全社會的力量，因為一個健康良好的社會治安環境和良好的道德風尚教育才是根本。我們真的希望這類事件再也不會在中國的大地上發生。感謝收看「焦點話題」，再見！」

「校長，請您給我調一個崗位吧。我再也不敢進那間教室了。在我擔任人民教師的第一天，我就親眼目睹了學生的被殺，我難過啊！一進那間教室，我就歷歷在目地想起了那天發生的情景，我傷心、害怕、恐懼，這些天來我一直都在失眠。我再也不敢進那間教室了，校長，你給我換一間教室吧！」她對校長說。

「經過了園林局灑農藥和從鄰縣調濟購買的麻雀，我市已很快消滅了蟲災，」市長在電視中說，「從而我市的生態平衡又將得到恢復。當然，害蟲沒有了也不行，沒有毛毛蟲有些樹是長不好的。而沒有了麻雀，害蟲也會太多。可麻雀多了也是壞事，牠們要吃掉很多莊稼。關鍵是如何讓每一個環節都流通起來，不出問題，樹、害蟲、麻雀幾個方面都協調共存，是個環境保護的大問題，結合這次消滅毛毛蟲過多的行動，我們市也將為迎接建國五十週年進行社會治安綜合治理，以嶄新的面貌迎接新世紀的到來……」

我在霞村的時候

我在霞村的時候，正好碰到他們買回來那架飛機。

他們是集資買的那架飛機，那是一架飛鳥三〇〇型飛機，價格是二十五萬元，他們認為並不貴。

他們買回來那架飛機之後，還建了機庫和碼頭，為此又花費了十一萬二千元，這是我後來知道的。

事情的起因是這樣的，一個月以前，鎮上幾個最富的人，徐莊文、江小濤、盧平、陳大漠在一起吃飯，徐莊文看見「阿慶嫂」餐廳的牆上貼的一幅畫，怔住了，那是一架農用飛機在灑農藥，他放下了筷子上夾的一塊臘肉，「你們看那架飛機。」

「哪達？在哪達？」幾個人順著他的方向看去，然後都不滿意了，「毬熊，那是一架農藥飛機，有啥好看頭。」江小濤說。

「我有個主意了。」徐莊文脹紅了臉，他一喝酒就能把臉變成牛屄色。

「是個什麼鬼主意？你要把你養螃蟹的池子送人？」陳大漠說。徐莊文靠養螃蟹發了家，家裡至少有五十萬。

「咱們馬河水庫那麼大，鄉裡縣裡都說咱這兒可以搞旅遊經濟，咱們可以買架小飛機，搞旅遊嘛？」徐莊文說。

大家的眼睛一亮，「這種飛機也就二三十萬，每人出幾萬，也就差不多了，咱這絕對是縣裡頭一遭，別人還想不出這個法子哩。」徐莊文夾起了一塊雞腿說，「你們覺得咋樣？」

「這個主意挺好的。」幾個人都贊成了。陳大漠說：「我看咱們成立一個旅遊公司，再多拉幾個人進來入個股，把韓皮子、龐二臭他們都拉進來，霞村還不是就我們這些個人有點錢嗎？」

我後來聽說，他們就這樣開始幹了。

他們一共十個人，每人出了二至四萬元不等，專門派龐二臭──他過去是村裡的潑皮，現在種大棚草莓發了財，去北京聯繫購買飛機事宜。

龐二臭果然不負眾望，他在北京與航天工業總公司一個研究所簽訂了合同，合同上寫明白由廠方負責培訓飛行員、辦理准航證和相關手續。然後龐二臭得勝還朝了。

十天以後，那架白色的水陸兩用三〇〇型飛機就運到霞村來了。

很多人都圍著看，村西頭的常瘋子也圍著看，他還圍著飛機轉來轉去，說著瘋話，口水在風中流成一條條的細線。

我就是在這個時候來到霞村的，我也擠進了霞村的村民們中間，和他們一起看飛機。鄉親們從來沒這麼近距離地觀察過飛機，他們好高興好興奮啊！老人、女人和孩子們都在圍著飛機說話。

我問他們：「這是怎麼一回事啊？」

「你去問龐二臭吧，這飛機是他押送回來的。」一個小媳婦對我說。她還向我指了指不遠處正在和一個穿綠軍便裝的人說話的人。

那個穿綠軍便裝的人一看就當過兵，他是一個開過戰鬥機的退伍兵，他是霞村請來培訓飛行員的教練。龐二臭和陳大漠自告奮勇，要當飛行員。

「毬熊，扯毬毛還有兩手，這飛機是二臭和陳禿子這種人開的嗎？」飛機還沒有啟動，村裡已經有人風言風語了。

霞村是個不大的村子，它處在長江邊一片大平原上，我來的時候，稻田正綠，一陣風吹來，青青的稻苗迎風搖擺，發出一陣沙沙的響聲，彷彿在唱著一首歌。

「徐莊文出了八萬元，他是最大的股東。但是他自己不敢開飛機，他怕死，他販螃蟹掙了不少錢，還惦記著娶二房呢。他為什麼不自己開？」一個老人問我。他是劁豬的黃國梁，人已老得快死了。

我想這話要傳到徐莊文的耳朵裡，他的臉又要脹成牛屄色了。

我大學剛畢業，在大城市工作，趁有空回老家來看看，就碰上霞村的人買飛機了。

徐莊文、陳大漠、龐二臭這些人比我大上約十歲，都是村裡最調皮搗蛋的人。小時候我老跟著他們在一起，脫下褲子比個毬短毛長，偷果園的果子吃，還扒女廁所的牆頭看二妮子撒尿，二妮子是霞村最漂亮的女人。

後來她去深圳打工，在一家皮鞋廠做皮鞋，再後來，聽說她給一個男人做二奶，不再做工了，還生了一個兒子。他們全都沒考上大學，只有我和三妮子考上大學，離開霞村走了。這一走我才回來過兩回，沒想到這一回，村裡都有人買飛機了，買飛機的人，還是小時候領著我比毬短毛長的傢伙們。

他們見到我回來了，都很高興。

徐莊文說：「奶奶個熊，回來得正是時候，這飛機你也幫著人們擺弄擺弄吧。」

「啥時候飛？啥時候飛上天？嗚嗚——飛上天了？」瘋子常大爺拍著飛機又蹦又跳，口水在風中被吹成透明的細線，問龐二臭。

龐二臭啥話也不說，他在聽退伍軍人劉敬兵講話呢。

「飛機要這麼開。」劉敬兵十分細致地在給他講解。

「八十八元一張票，八十八元一張票，天上轉一圈，方圓幾百里看個遍，過過上天下地的癮，一輩子不白活！」江小濤和盧平後來開始在村裡挨家挨戶賣票時嚷嚷。此外他們在徐莊文家裡還擺了一張桌子，由徐莊文瞎了一隻眼的老媽賣票，票是一張白紙，蓋了集資買下這架飛機的十個人的私章。白紙紅字，好看得很咧！

但是他們一共只賣掉了一張票，是龐二臭的弟弟買的。龐三壯是個養豬能手，可他還從來沒坐過飛機呢。飛機上可以坐十幾個人，可是頭一回只賣出一張票。我也想買一張幫個忙，可我老娘不讓我上天。「上天入地？聽聽說這話，多不吉利？上天堂下地獄吧？這個飛機不能坐！」我老娘堅決不同意。於是我就決定先不買票了。

但是飛機仍舊是要起飛的，這一點徐莊文們很執著。飛機試飛那天，特地在村東頭大桑樹下燒了一炷香。

幾乎滿村的人都在馬河水庫的大堤上，這是在早晨，霞光萬道，把水庫的水面點染得一片金黃，分外美麗。

我們霞村之所以叫霞村，就是因為朝霞和晚霞特別好看，村子裡的人一代代看那美麗的霞光都有好幾百年了。

我也是看著霞光，在霞光中的稻田邊奔跑著長大的。

劉敬兵、龐二臭和龐三壯鑽進了飛機，飛機已經被放到水庫裡了。龐二臭和龐三壯在飛機上向大家招手。

「要是出了意外，他龐家可就遭罪嘍。兩個兒子啊，都在飛機上。」我老娘在我邊上嘀咕。

但是飛機立即被發動了，它在水面上吼叫著，像一隻尋找自己剛下的蛋的母雞，在水面上轉了幾個圈兒。村裡二百多號人都歡呼起來。飛機開始向前衝去。

它像一道犁一樣犁開了金黃色的水面，像箭一樣向前飛，又像一隻飛速逃逸的水蚊子。它在水面上滑遠了。

過了一回，它兜了一個圈子，又飛回來了。但是還是沒有離開水面。「咋還不飛起來？還不飛起來呢？」瘋子常大爺的口水流得老長，這回兒他可能十分清醒吧？

「這飛機，說是水陸兩用，我看，也就像個快艇嘛！在水面上跑跑可以，飛就飛不起來了。」村長牛奔說起了風涼話。

徐莊文聽著沉不住氣了，今天他把留了半年的鬍子都給刮了，他手裡舉著一面旗，使勁向飛機揮舞。

飛機仍像一隻巨大的水蚊子在水庫水面上飛跑。水面漸漸變白了，因為太陽已經躍升起來了。

我看到飛機有兩次想飛沒有飛起來，徐莊文手中的旗子在我頭頂呼拉拉地搖動。遠遠地，我們看見飛機一下子就飛起來了。

水庫大堤上的人發出了一陣陣的歡呼，飛機終於迎著即將消失的朝霞，在我們霞村飛起來了。這是我們霞村幾百年的頭一遭。

「以前只有日本人的飛機飛過咱們霞村，還在天上下些羊屎蛋蛋，炸死了霞村好多人。」我娘瞇著眼睛看著飛機說。

「現在，咱們村的飛機也飛上天了。」村長牛奔又說，「這一點是咱村的大日子，要寫進村誌裡。」

徐莊文、陳大漠們都笑了，因為霞村的飛機飛上天了。飛機像是擺脫了囚禁的鴿子，昂著頭直往天上鑽，飛到一定高度，開始轉圈了，這會兒它又像個鷂子，正在空中覓食呢。但剛轉了一個圈，鷂子就開始一頭往下扎了。

整個大壩上的人的心都提到了嗓子眼兒，他們都發出了一聲壓抑的驚呼，因為飛機已經一頭扎了下來，就像魚鷹扎猛子一樣。

「完了！」徐莊文的臉一下子就變成了牛屄色。這一點我看到了。

但飛機又扭了一個身，拉平了身子，與水面平行了，斜斜地向水面滑去，「嘩啦」一聲，左側機翼先著水面，飛機掉進水庫了。

「快去救人！」牛奔向旁邊準備的救生快艇下令說。盧平駕駛著快艇，乘風破浪向水庫中間的飛機而去。

「主要是我的經驗不足，」後來總結失敗的經驗時，劉敬兵做了自我批評，「我開戰鬥機好多年，換了機型一時不能適應。開戰鬥機直上直下，怎麼都行。可這飛機完全是個不聽話的犟娘們兒，性子還慢，我來了個強行起飛，它就不聽話了。」

龐二臭和龐三壯安然無恙，他們兩個人都很興奮，比小時候偷看二妮子撒尿還要興奮，「在天上飛，感覺就是不一樣，就是不一樣！」

我娘後來對我說，那是老天有眼，沒有把龐家二兄弟的命給收了去。

飛機就這樣在第一次試飛的時候，就從我們霞村的天空中跌下來了。

我還記得飛機下來的那個夜晚，霞村的夜晚比任何一個夜晚都黑。

飛機在第二天就被拉走修理了。徐莊文他們幾個臉上都沒有光。

幾天後，又一架一模一樣的飛機被運到了我們霞村，原來他們從飛機製造方又租了一架，他們的旅遊生意正式開張了。

「八十八元一張票，天上轉一圈，賽過活神仙，上天又下地，一輩子不白活！」龐二臭領著他弟弟，在幾個村子裡兜售旅遊票。但應者寥寥，有幾個膽大的，算是坐了一回，上了一回天。還有一些和丈夫一起坐飛機的，臨了又嚇得尿了褲子，又下了飛機的小媳婦。

「生意怎麼這麼不好做？是不是得請縣上管旅遊的縣長給宣傳宣傳？」徐莊文和我坐在馬河水庫的大壩上，看著飛機像個大水蚊子一樣在水面上跑時對我說。

「霞村都有飛機了，這是多麼讓咱村驕傲的事啊，所以，你的這個生意，還真得做做廣告。上上縣電視臺，請縣裡的頭兒來一遭。」我對他說。

在飛機裡，劉敬兵已經教會了龐二臭、龐三壯、陳大漠、盧平開這架飛機。我在霞村呆不了幾天了，為什麼我不能也開開飛機呢？

「這下好了，我再也不會把這飛機當戰鬥機擺弄了，我把它全整明白了。」劉敬兵帶著盧平他們下飛機，對我們說。

「可這生意不好，鄉親們為什麼都不願坐呢？花幾十塊錢上上天，多好玩的事物！這些天，倒都是外縣市的旅遊的人來坐飛機，咱霞村這飛機旅遊生意在全國也是頭一遭，不能這樣半死不活啊！」村長牛奔也急了。

幾天後，他們就把主管旅遊的縣長請來了，還跟來了縣電視臺、報社、電臺的幾個記者，霞村一下子沸騰了。為此，霞村一夜就殺了七頭豬，招待幾十個考察的客人。

「徐莊文這個潑皮，把村裡弄得雞飛狗跳，又是飛機，隔幾天還不買個大炮來？他們遲早要壞了村裡的風水。」村裡有人風言風語了。

「但真理總是掌握在少數人手裡，你看，主管副縣長都表態支持了，縣電視臺、電臺、報社，都把我們飛機搞旅遊當成致富典型，在宣傳呢。我們就要靠它發財了！」龐二臭信心十足地對我說。

是啊，電臺、電視臺、報紙都播出了這個消息，霞村從此失去了寧靜。鄰縣鄰鄉鄰村來了很多人，他們在霞光中用手拍拍飛機，摸摸飛機，可他們就是不買票，他們就是不想乘著朝霞飛上天空，這是為啥？

「有錢人不敢坐，怕真上天堂下地獄了，沒錢人又坐不起，你們又不讓免費坐嘛。」不少鄉親這麼說。

我在村呆了快一個月了，三季稻有一季已經溜黃了，風一吹，黃金稻田隨風搖擺，那個好看喲。可我要離開霞村了。

就在這時，縣政府派人緊急送來一紙公文。

你道為何？原來這飛機沒辦准航證，屬非法飛機。「據民航局五八號令，未經民航總局批准，任何單位和個人不得使用民用航空器從事空中遊覽活動。」

我們看完了那一紙公文，大家一個個都像洩了氣的皮球。「這張紙的意思就是，從法律上講，在霞村，這飛機是不許上天的。」我說。

「熊！難道只能讓這飛機變成水面上跑的快艇？」龐二臭蹲在那裡，都快哭出來了。

第二天，霞光初現，有人來把那架飛機拉走了。

用的是一輛大型平板車。

我娘後來說：「那大車，把咱霞村的道都壓壞了。二臭他們怎麼老是弄得村子裡不安寧呢？」

飛機被拉走了，霞村的男女老少目送大平板車遠去，他們都沉默了。瘋子常大爺彎著腰，在霞光中像個老蝦米在追那輛平板車，「不能把飛機拉走！不能把我們村的飛機拉走！」

那天夜裡，我想全村的人都沒有睡好。幸災樂禍的人也因為高興而睡不著呢。

我也沒有睡著，因為我第二天就要離開霞村了。彷彿是一個命定，我回來了，飛機也來了，飛機運走了，我也要走了，要去我的大城市繼續我的工作了。

晚上我出來活動，看見徐莊文家的燈還亮著。他們十個人一定都在那裡吧？他們在商議對策吧？

第二天一大早，我要踏上征程，去和他們道別。他們一夜未睡，盧平遞給了我一張紙，叫我看一看。

「有不合適的文句。你給改一改！」執筆人江小濤說。

他們給我的是一張起訴狀，起訴飛機提供單位沒有按合同履行義務，因而要求賠償因航空事故造成的營運經濟損失八萬八千八百元，賠償飛機價款二十五萬元，賠償建機庫和停靠碼頭的費用十一萬二千元，一共四十五萬零八百元。

「你就要回省城了，幫我們呼籲一下，憑什麼咱農民的飛機就不能順利上天？」徐莊文的臉又脹成了牛屄色。

後來我才知道，在不了解有關法規的情況下，冒然買來飛機，進行了非法飛行，是不行的。而且，飛機製造廠家還沒有生產許可證，也辦不下來准航證。大家後來一直都罵龐二臭辦事不牢靠。

我和他們握握手，走了。不帶走故鄉的一片雲彩。霞村的朝霞已逝，空氣十分清朗，可我卻有些傷感。我在霞村的時候，就目睹了霞村的飛機起飛與降落，這意味著什麼呢？

他們的官司一打就是一年，這期間，徐莊文和龐二臭來省城找過我，叫我幫忙聯繫一些人。「自打我們買了一架飛機後，全國有好多人來訪問我們，也想買飛機。這年月想買飛機的農民還有不少哩！」龐二臭說，「我叫他們一定要把合同簽好。」

後來，他們的官司贏了，得了不少賠償。徐莊文打電話來說，「我又幹起了養螃蟹的活兒。可我們還是想買一架手續齊備的旅遊飛機。你不知道，飛機在咱村的空中飛時，地上的村子、稻田、遠山遠河和霞光有多好看，要多好看就有多好看！我想讓咱村的人都在天上看地下！」我想這時候徐莊文的臉一定又脹成了牛屄色。

我在霞村的時候已經是一年多以前的事了。小時候一塊扒牆頭的伙伴們富了之後買了一架飛機。這個故事我已告訴你了，可我什麼時候還能再回霞村？

殺人蜂

他沒想到在她陽臺附近的那棵小樹上隱藏了這麼多馬蜂，牠們在飛動的時候影子是黑色的，然後他就被螫倒了。事後當消防隊趕來的時候，才發現他已經被螫昏過去了。

「那是一種殺人蜂，」一個消防隊員說，「可有人打的是火警電話，我們就趕來了，然後就看見他躺在那裡。」

而肇事的馬蜂仍舊安穩地呆在那棵小樹上，牠們看不見不動彈的東西，後來人們知道這些馬蜂是她專門養的，就養在她家陽臺邊的小樹上，為的就是不想讓喜歡她的男人接近她。

在這個社區中養馬蜂——那種殺人蜂的還就只有她這一個人，而那些黃顏色但飛起來影子卻是黑色的大馬蜂聽她的話，這是大家都感到吃驚的事。連社區保安和保潔員都不敢靠近那棵小樹，因為那棵樹上濃密的葉子下面有三個像銅鈴鐺一樣吊著的蜂巢，你要不仔細看還發現不了它。

「那馬蜂螫我的時候，我感到就像灼熱的小鐵釘釘進了我的脖子和腦袋裡。我一下子就暈了，然後我就趴到了地上。」他在醫院這麼向醫生說。

「幸虧那些馬蜂沒有再螫你，如果當時你被螫上兩三輪的話，你就沒命了。你幹嘛要去惹牠們？」一個年輕的女大夫問他，她用鑷子和膠帶拔去了他身上的毒刺。

並不是他想要惹那些馬蜂，而是他想惹那馬蜂背後的東西，那個女人，她整天縮到房間裡不出來，你要是從前門就根本靠不近她，也看不見她。只有從另一側的花園才可以看見她在一間屋子裡設計服裝的樣子，然後她用電子郵件把這些東西發到公司裡去，她哪兒也不用去，她要是想吃東西，就打電話讓社區超市那些穿紅馬甲的人給她送上門。她哪兒也不想去，因為有一次她在社區後面的網球場邊上散步時，碰上了他，就被他纏上了。

她並不是想去打網球，而是想看兩個打網球的女孩在打球時穿的短裙，她們打著網球的樣子十分健康，那白色的小短裙只遮住了她們小巧的屁股，在打球時這裙子像白色的花瓣隨風輕抖，這給她帶來了設計靈感。但是當她正在腦子裡入迷地勾畫一件短裙的時候，他在她身邊說：「要不咱們也去打打球？」他一邊說著一邊還向她晃了晃手中的網球拍。

她看見他第一眼，就覺得厭惡他，因為他長了一臉的鬍子，這鬍子和她父親的一模一樣。但是父親在幾年前離開她了。那段時間父親像得了一種病，非要和她母親離婚，為的是可以去西北一個縣城找他過去當兵時的幾個朋友。這的確是不可理喻的，後來他就走了，給她和母親留下了這一套房子，而去年母親有了一個新丈夫，她和繼父誰也不會接受誰，於是母親就跟著她的新男人出去過了。

她一個人生活在這套房子裡並不感到寂寞，但她心中痛恨她父親，因為她覺得他拋棄了她和她媽媽，她媽媽最後也離開了她。媽媽有時候週末來看她，但後來她並不歡迎她，她也就很少來了。因為她也有了新男人和新家，就不會常回到老家了。誰都有自己的生活，對不對？

所以她就有了自己的生活，一切都靠她自己拿主意的生活。她習慣了這一切，而唯一在心理上打不開的一個結，就是父親那麼一個一臉大鬍子的強壯的男人，怎麼能拋棄她們離家出走呢？

在她有一天在屋後的陽臺上晾衣服時，發現了樹上的幾個馬蜂巢，而那些馬蜂非常喜歡她陽臺上的花。這些細腰長身的飛行蟲並不害怕她，於是她就常去花卉中心買一些牠們喜歡的花，因為牠們要不停地來採花蜜。那麼她也就算養著牠們了，是不是？整個春天她都在看著馬蜂們一點點地築巢，在那棵葉子漸大的樹枝上，吊起了三個銅鈴鐺一樣的蜂窩。她想起來冬天裡她曾見過屋檐下的蜂窩，牠們完全是空的，那時候牠們會跑到哪裡去了呢？

對於這個問題，她一點兒也想不清楚，她打電話問了幾個朋友，他們也說不知道，還問她你這是在瞎操什麼心？

但是他，卻想進入她的生活，那天在網球場邊上見到了她，他就像個瘋子似的想和她見面與說話，他當然從物業管理公司那裡弄來了她的電話號碼，然後他就給她打電話。

「是我，那天我在網球場邊上見到了你。我是那個一臉鬍子的人。我想和你聊一聊。」

「我和你沒什麼可以聊的。」

「我們有，你是服裝設計師，而我是一個建築設計師。」

「那有什麼相同嗎？」

「我們都是設計師啊，你給人設計服裝，而我給大地設計服裝，建築就是大地的衣裳。」

「可我不想和你交往。」

「但是我想，因為我喜歡你，我看見你我就喜歡上你了，我必須和你說說話。」

她很生氣，因為她從他的口氣中聽出來一種企圖強加於人的口吻。她立即就掛斷了電話，任憑那電話鈴響了很久也不去管它。

在這個社區中住了不少自由職業者，她也算一個，而他，那傢伙也是。他們都是掛在某一個設計公司，然後設計衣服或是大地的衣服的方案和圖形。但這就是兩個人相似的地方？

而據此兩個人就有可以充分交往的理由嗎？她感到滑稽可笑，她決定堅決地將他拒之門外，不去搭理他。因此，當他站在門外使勁地摁門鈴而她從窺視孔看到是他的時候，她就是不給他開門。

但這對他似乎沒有用，他仍舊給她打電話，有時候她心一軟，他就會在電話裡說很多話。

「我知道你是一個人生活，你父母親離婚了，他們都走了。我還知道你搜集了不少日本浮世繪的畫，因為你的牆上就掛了一些，你很喜歡那種樸素的線條和色彩嗎？」

她不吭聲，她只是想像著他那一臉和她父親一樣的大鬍子，這一點已經足夠她厭煩的了。

「在三環橋邊那幢航空大廈，就是我的作品，而你在亞運村可以看到一組公寓，那也是……」

「我不喜歡航空大廈，它的玻璃幕牆太耀眼，而且那個綠屋頂……」

「對，那個綠屋頂本來沒有，是審定方案的官員加上的，因為他喜歡傳統的大房頂。這也是我苦惱的地方，因為我們的設計方案後來都要被長官意志給扭曲了。這是我沒辦法的事。」大概他感到他們已經有了交流，可以更進一步了，「我這裡有上好的哥倫比亞咖啡豆，我可以給你送一些過去。我很會煮咖啡。」

「不，我不想見你，再見。」聽到他這麼說，她立即果斷地掛斷了電話。

難道她真的非常討厭他嗎？這個問題，她也問過自己，她覺得她並不討厭他，而是討厭他所代表的東西，那就是，具有入侵性的男人。她現在發現由於父親和母親的出走以及他們相繼的離開，她有些懼怕男人以及男人代表的東西，比如婚姻，這令她恐懼地想到她將和一個陌生人完全生活在一起，這於她是一個巨大的挑戰。

但是他毫不氣餒，直到他被那些馬蜂叮倒在地。那天消防隊員來了，他們全副武裝，但他們除了用消防車把他帶走並送進了醫院，他們沒有幹別的。一些人圍觀了一小會兒，但他們發現什麼也沒有發生，除了一個人昏倒在地以外，並沒有火災的濃煙。消防隊員也沒有去理會那幾個蜂巢，因為你不去靠近牠，牠們平靜得近乎不存在，只像幾顆樹的果實安靜地掛在那裡，你要不仔細看，還看不見牠們。等到他們都走了，她才從陽臺上出現，憤怒地發現她擺放在後花園中的一些盆花已經被大鬍子建築師踩得亂七八糟。即使他被大馬蜂蜇得昏了過去，她也不原諒他，她想她一直在平平靜靜地生活著，可他憑什麼要來踩爛她後花園的花盆？

「我也不想踩爛那些花盆，可當時我被那馬蜂蜇得眼睛腫了，我什麼也看不見，像熊瞎子一樣，我就踩爛了那些花盆。」他給她打電話說，「我馬上就可以出院了，我賠你花和花盆。」

「對不起，我替馬蜂向你道歉。」她一說完，就後悔自己說了這一句話，「但不用你賠花盆。」

「那些馬蜂是你養的？有人這麼說。」

「不是，我和牠們是朋友。你要不去惹牠們，牠們不會螫你。」

「應該是我要不去惹你，牠們就不會螫我，對吧？」他這麼一說，兩個人都輕輕地笑了笑，氣氛緩和了。

「我這裡有幾種臺灣出的服裝設計書，我覺得不錯，想讓你看看。」

「那你叫保潔員送來。」

「還是不想見我？」

「我只想一個人呆著。你為什麼那麼想見我？」

「我也不知道，可我就是想見你。因為，我愛上你了。」

她的心裡掠過一陣閃電，而他說的恰恰是她害怕的。「沒有無緣無故的愛。」她母親過去對她說過，「男人們愛你，最後他們總能從你那裡把他付出去的全撈回去。」

「那我父親從你那兒撈了什麼？」她當時問她媽。

「我的全部青春，我的身體，我的一切。是他讓我衰老的。」她媽媽說。

「你想從我這裡要什麼？」她想到這兒，問他。他沉默了一會兒，「我什麼也不想要。我心中有愛，我把它都給你。」

「沒有無緣無故的愛。」她說完，覺得心裡一陣子輕鬆，於是立即又掛斷了電話。

的確是有無緣無故的愛，他想，他對她就是這樣，一個人喜歡另一個人，會有那麼多的理由嗎？肯定沒有那麼多的理由，這理由只有一個，你喜歡她，這就夠了。可他喜歡她哪兒呢？他說不清，他覺得她很神秘，如同一枚堅果，他想看看這堅果內部到底有些什麼，她越是拒絕他，他就越是想靠近她，靠近她的內心的堅果，然後打開它。這就是她吸引他的地方。因此，即使有那可以殺死人的馬蜂守衛著她的陽臺和後花園，他也要繼續進攻。

他又去敲了她的門，她從門上的窺視孔看見了他，她在猶豫著。門鈴音樂響了三遍，她還是沒有開門，然後他走了。

她打開門，看到了那幾冊精美的臺灣版設計類圖書像一堆蝴蝶一樣躺在那裡。

「你臉上的傷都好了嗎？」從電話中聽出是他的聲音，這一回她主動問。

他沒有正面回答，「你後花園的那些馬蜂窩，我看是越長越大了。」

「是啊，它們看上去像是三把茶壺了。我也不知道它們會長多大。」

「牠的蛹是可以吃的，小時候我喜歡用塑料布蒙住頭，然後戴上棉手套，去把馬蜂窩從屋檐下摘下來。不過這一回可是殺人蜂。」

「牠們是自己來的，我也沒有讓牠們呆在那兒。」

「都已經夏天了，你為什麼不出來？我們可以一起去游泳。」

「我怕水。」

「你不怕什麼？」

她想了一會兒，「我什麼都怕。尤其怕人。」

「怕不怕我？」

「至少怕你那一臉大鬍子。」

你很難想像一個人生活在這個社區可以足不出戶好幾個月，而且她家的後花園中還有一群大馬蜂。這個社區中什麼人都有，但這樣的人卻十分少見。更多的是那些忙忙碌碌的公司白領和職業經理人。即使是自由職業者，他們也常晝伏夜出。社區的物業管理非常好。每天晚上有什麼樣的車停在這裡，都會有全部的車號記錄在案，如果有陌生人來訪，保安會陪他找到他要去的人家，直到那家人接待了他。而如果你家裡的水、電、氣系統壞了，只要幾分鐘修理技師就會趕到。但也許這座布滿了電子眼、大部分家庭有私家車的社區也算得上是一所溫和的監獄，只不過住在這裡的人可以自由出入，而且綠化也好極了。可還是有人把自己像囚犯一樣關在屋子裡。這又是為什麼？他在給一個朋友發的電子郵件中這麼問。

「性格，這是一個很有個性的女孩。」他的朋友如此評價，「此外，她是不是受過什麼挫折？」

「我把鬍子刮了，而鏡子裡的我都快認不出我了。」

「留鬍子使人看上去顯老。」

「你是不是受過什麼挫折？」

她靜默了一會兒，「沒有，但我老是有一個幻覺。」

「什麼幻覺？」

「我在陽臺上可以看見一片麥田。現在那些麥子青黃一片，可總是有一個人，在貼著麥田向我這邊爬過來。」

「是一個男人還是一個女人？」

「是一個男人。他還有一臉的大鬍子。」

「不是我吧?」

「不是你。但他是一個大鬍子男人。」

「我明白了,那個人是你的父親。他拋棄了你,現在,你怕他又回來了,你要是害怕,那我現在去看你。」

「不,你不要過來。」

他又去敲她的門,可她仍舊不開門,也許她說的是真的,她看見了幻覺中的一個大鬍子男人,正貼著麥田向她爬過來。一個獨居久了的女人總會有這些幻覺。重要的是他喜歡她,他必須要打開她心中的堅果。這可能需要一些時間,比如現在已經從春天到夏天了,他還是沒能靠近她,還被那些馬蜂螫過了一次。但這個靠近和追求的過程本身就很有意思,於是他就決心和她戰鬥到底。如果她把自己弄成了一個監獄中的囚徒,那麼他就非要攻克監獄,解放這個囚徒。

在前門她仍不搭理他,於是他又跑到了後花園。一個保安說你別去靠近那棵樹,他也沒有聽進去。這一次他準備從她的陽臺上翻進屋去和她談談,包括談談她的那個幻覺,因為他已經刮去了一臉的大鬍子。他的確一下子就跳到了她的陽臺上，但是那些殺人蜂又來了。在黑暗中牠們像一團烏雲，向他的臉部衝來。

「照樣是那種灼熱的釘子釘進臉和腦袋的感覺。」他事後描述說，「我立即用上衣包裹住腦袋，因為如果殺人蜂向我攻擊第二輪或是第三輪，我就沒命了。」馬蜂一次只能用掉一個毒針，之後，牠的毒針就沒有了，要很久以後才能長出來。他覺得自己的頭已經迅速地腫了起來，他跌倒在地上了。

在屋子裡的她聽到了這邊的動靜，這一次她打開了陽臺門，把他拖進了屋子，而第二輪和第三輪的殺人蜂，已經重又聚在了門外，在衝撞著透明的玻璃，牠們的飛動發出了密集的嗡嗡聲，像是剛剛起飛的有巨大引擎的飛機。

「要是牠們衝進來，我就沒命了。」他事後描述說，「她關掉了屋裡的燈，這樣那些馬蜂過了一會兒就飛走了。我這下子真正走進她的屋子裡了。」

在黑暗中他斜躺在沙發上，他憑藉外面的一點兒燈光，可以看見她穿一條長裙，顏色偏暗，辨認不出是什麼色彩。但她看著他的目光發亮，在黑暗的屋子裡也能看得出來。她沒有說話，既然他已經進來了，而且臉和腦袋都在腫大，她就要給他救治了。

「她用後來我知道的海裡的一種東西，叫車螯的東西的殼烘成粉末，用醋調好叫我喝了下去，」他事後描述說，「我臉上的腫痛就漸漸消下去了。她又用膠帶幫我拔去身上的毒刺。當時夜已深了，但她就坐在我的對面看著我。」

「你為什麼非要靠近我？」她有些心疼地問。

「因為我想進入你的生活。」

「我不要無緣無故的愛。你說，這幾個月來你為什麼要纏著我？」

臉上仍舊很疼，但他挺住了。「答應我吧，做我的女朋友，然後再做我的妻子。你看，這一次我已剃掉了那一臉的鬍子。你不會再有那種幻覺了。」

她跑到了陽臺上，過去在夜間她可以看見那個人順著麥田向她這裡爬過來，在今天，她沒有看見他。她又回到屋子，有些嗔怪地說：「你也太固執了，你為什麼非要靠近我？那些馬蜂，是可以殺死人的。」

「我要打開你心中的堅果，成為你的一個親人，一個值得你信任的人。我覺得我們會很好的。」

她沉默了，她還沒有談過戀愛，這個不屈不撓的男人從春天到夏天，一直試圖靠近她，和她談戀愛，並希望她走出屋子，這就是被一個男人愛著的感覺嗎？她的心怦怦亂跳，她沒有說話，而是進了她的臥室。這天晚上，她也沒夢見那個從麥田爬過來的人，甚至沒做任何夢。

在這年秋天他們結婚了。在冬天來臨的時候，他們出租了空餘的另一套房子，在陽臺上可以看見那棵已掉光了樹葉的小樹上的三個黑灰色的吊鐘一樣的蜂巢，但馬蜂都已經消失了。在冬天牠們去別處築巢了嗎？站在陽臺上，他們指揮著保潔員用手慢慢摘掉了那三個空空的蜂巢，把它們扔進了垃圾箱裡。

高速公路上的電話亭

我們在那天晚上為了打一個電話而跑了很遠的路，我們不得不跑那麼遠，因為高速公路上的電話亭十分稀少，它們至少要隔上一兩公里才有一個，而湊巧我們碰上的電話又是壞了的話。

我們的車壞在了高速公路上，具體說不是我的車，而是梁崢和陳曉雯夫婦的車，那是一輛進口的本田雅哥，他們買下它已經有三年時間了。

我碰上他們十分湊巧，當時我為了策劃一個電視劇而在京信大廈的咖啡廳裡和製片人聊天，結果就看見他們了。

梁崢比我大幾歲，但他已經是一所大學文科系的教授了，而他的妻子陳曉雯，則是在北京女界一個十分有名的律師。而湊巧的是梁崢也認識我的製片人，我們一起打了一個招呼。看上去他們夫婦有些疲倦，顯然他們還有些心事。我知道陳曉雯所在的律師事務所就在這幢大廈的某一層。他們正打算回家去。我剛好和他們住在一個社區裡，那時候我還沒有買車，我說我可以搭你的車嗎？

「當然可以，今天的霧很大，社區班車不會太順利。」梁崢說，「咱們走吧。」

的確是這樣，一個小時一趟的班車已經紊亂了，一定是路上出了不少車禍，能搭他們的車我感到輕鬆。我們和製片人打了個招呼，然後我們，我和梁崢、陳曉雯夫婦一起走了出去。

「在談一部什麼戲？」梁崢偏著臉問我，然後按動車內的電動門窗，把窗戶開了一個小縫。這一回是陳曉雯開車，這是一個精明強幹而又很豐滿的女人，我想她一定比梁崢更喜歡掌握著方向盤。

我坐在後座，我對前面右側座位上的梁崢說：「一部偶像劇，特別無聊，我想掙那筆錢，因為他們的投資早到位了。」

「啊，偶像劇，我都很愛看，什麼時候上演，給我說一聲。」陳曉雯把車子開出停車場時說。

「我已經拿到編劇的錢了，兩個月後可能就會開拍了。」這時我才想起來，梁崢其實這幾年也在參與影視策劃，他給電視臺策劃了不少節目，而且我聽另一個導演說他也策劃了一臺電視連續劇，是關於互聯網的。梁崢即使三十多歲就當上了正教授，但他在大學裡卻只能拿到一二千塊錢，肯定不到他妻子當律師掙的錢的十分之一，為此我猜想他一定有內心的壓力促使他去掙錢。我知道沒有一個掙錢多的女人會由此感到平衡，即使她嫁的是蘇格拉底，她照樣也會把他趕出門去掙錢。因此，大學教授梁崢教課之餘去策劃影視也是十分正常的了。

我和他認識好幾年了，但在社區裡碰見他則是最近的事。那天我陪一個來看我的朋友在社區裡遛彎兒，看見有一幢帶花園的底層樓前有人在弄燒烤，而我對燒烤又很敏感，我聞到了孜然的濃烈的香味，然後我就看到了正在燒烤的滿頭大汗的梁崢。

我們打了一個招呼，我自告奮勇幫他烤肉。我的烤肉技術不錯，把肉烤得十分焦黃鮮嫩，因此獲得了可以一同進餐的邀請。

梁崢和陳曉雯買下的這套房子有一百六十平方米，客廳很大，餐廳是獨立的，裝修得十分氣派。但恕我直言，這是一套更像律師的房子，而不像是一座大學教授的屋子。當然我沒有說出這樣的感覺，我們一起吃了一頓有燭光的烤肉晚餐。

那天我見到了他們的兒子，一個已經上初中的小傢伙。那是一個機靈鬼，整個晚餐期間他都在搗蛋，在幾個屋子之間來回亂跑，一刻也不消停，然後我聽到梁崢的一聲斷喝：「你再調皮搗蛋，我就要把你送到外國去讀書了！」

很多中國人最近幾年都在忙著把自己上中學、甚至是上小學的孩子送出國去讀書。在他們的車裡坐著，我想起來最近在北京舉辦的英國、美國和澳大利亞教育展上，人多得嚇人。我記得還看見了梁崢和陳曉雯夫婦的身影，當時他們一個人拉一大包資料鑽行在人群當中，只一晃就不見蹤影了。

我想那時候他們就已開始謀劃著把兒子送出國去念書的事兒了。

那天霧很大，能見度很低，從汽車收音機裡我聽到機場航班全部延誤的消息，但我還聽到了他們在談論他們的兒子。

「那所學校出過不少英國的財政大臣和部長，還出過一個首相呢。那所中學在英國算是一所老牌名校了。」陳曉雯壓低聲音說。

「可他不想去。我看還是讓他念完高中再說吧。出國讀大學最好了。」梁崢說。

窗外高速公路上的霧大極了，被風一吹一陣陣漫卷過來，妖氛十足，所有的車都打著緊急燈，黃色燈光一閃一閃，顯得情況緊急。我注視著前面一輛汽車那一閃一閃的尾燈，突然決定就這個話題和他們聊一聊。

「我有一個朋友，兩年前送他們的兒子去英國讀中學，最近一個假期兒子回來，有一件事讓他爸、也就是我的朋友吃了一驚。」

「為什麼？」梁崢急切地問。

「我這個朋友的兒子讀高二，在他爸為他準備行李時，他對他爸說，『爸，還少一樣東西。』他爸很納悶，『什麼都不會少，兒子，還少了什麼？』他兒子說，『就是少了一樣東西。』你們猜少了一樣什麼？」

「也許是他愛吃的東西？」陳曉雯說。

「我猜到了。」梁崢十分肯定地說。

「你真猜到了？」我懷疑地問，「那你說是什麼？」

「是吉他。中國男孩愛彈吉他。」

「帶吉他去英國？他瘋了嗎？不會是吉他。」陳曉雯反駁道。

「是避孕套。他兒子說在英國學校裡都發的，所以這一次回國他要帶中國避孕套回去叫他的同學看一看。於是我的這個朋友就給他的兒子買了兩盒。他的兒子一看還不滿意。」我說。

「不滿意什麼？那東西有爛了的？」梁崢笑了。

「不，而是顏色單一。他兒子說在英國他們發有七種顏色的那種，每星期有七天，所以有七種顏色一盒的避孕套。這話讓我這個朋友大吃一驚，看著他兒子恨不得打他一耳光。」

「絕對不能打孩子。」陳曉雯說。

「有時候就得打，不打不成材。」梁崢說。

「問題不在於打不打，關鍵在於我這個朋友意識到他把孩子送出去，已經有了不好的結果，他和兒子已有了不能溝通的東西。所以後來他常對我說，不該把孩子那麼早就送到外國去。」

「其實問題的關鍵在於，在英國他兒子是否用了學校發的避孕套。」梁崢說。

「如果是女兒那麼對我說，我一定會受不了的。」陳曉雯說。

「一般都是男孩準備避孕套，這你不懂。」梁崢擦了擦窗玻璃上的霧氣說。

「他們是孩子上初三時送去的。現在，我的朋友害怕會失去他們的兒子。」

「怎麼會呢？不就是學校發了那個嗎？在北京不少大學校園裡也放了自動售賣機呢。那是為了防病。我看你這個朋友不用太害怕，兒子早點兒成熟沒什麼大不了的。」陳曉雯說。

大家沉默了。高速公路上的霧似乎比剛才更大了。現在那些霧並不是隨著風一陣陣漫卷，而是已經彌漫成了一大片。我們的車子在騰雲駕霧。我們根本看不見任何東西，現在我們連其他車子的一閃一閃的緊急燈都快看不見了。

「我還有一個朋友，他把他的女兒在上小學一年級時就送到了美國，前一段時間他們去了美國，與女兒發生了嚴重的衝突。」

「不許女兒交白人男朋友？」梁崢先入為主地問。

「不，不是。我的朋友的女兒已經十八歲了，所以儘管她還在上高中，但有一個週末，她決定和她的男朋友——我不知道是白人還是黃種人——去外地旅遊度假，要兩天才回來，我的朋友堅決不讓她去。」

「應該讓她去才對，我要是那樣，就會讓她去。」梁崢說。

「可我們的是兒子，是女兒我是不同意她在結婚前在外面過夜的。」陳曉雯說。

在大霧之中，車速明顯慢了下來，儘管是在高速公路上，我們的車和其他的車都像蝸牛在爬行。

「後來呢？」梁崢問我。

「後來他女兒沒有去成，但是她去警察局把我的朋友夫婦給告了，然後警察就來了。」

「把他們抓走了？」梁崢冒失地問。

「怎麼可能呢？不會抓人，可能會罰款。」陳曉雯突然明白了，她是律師，談美國時她當然會從法律角度看問題。

「是罰了款，而且警察告誡我的朋友，說如果他們的女兒再想和男朋友出去的話，他們最好不要攔著，因為她已經十八歲了。後來我的朋友和他的女兒關係緊張，打也不是，罵也不是，管也不是，總之產生了嚴重的隔閡。他們意識到他們把女兒送美國送得是早了點兒，因為他們的女兒實際上已經變成了美國人。」

我的故事使得他們再度陷入了沉默。我猜想他們一定在想，假如把兒子送出國，他會變成那些孩子嗎？他們會失去自己的孩子嗎？我想我觸動了他們內心最敏感、也最讓這一對夫妻緊張的話題。也許僅僅作為一個搭車者，我今天談得太多了。

車內的沉默幾乎都變成了靜默，因為我除了聽見汽車自身對大霧天不滿而發出的聲音之外，沒聽見有任何人說話，因為我也閉嘴不說了。

「你的朋友們的故事還挺多。」陳曉雯有些不滿和嘲弄地說。

這時我又想起來我一個朋友的故事，這件事同樣是真的。我一時來了興致，既然我是一個不識時務者，我為什麼不幹到底？

「我還有一個朋友也把他的女兒送到了美國，」我停頓了一下，感覺到他們似乎都一下子來了精神，準備再承受一次心理考驗了。「我這個朋友的女兒性格很內向，不愛與人打交道，也非常不愛講話，所以他把她委託給美國紐約一個朋友監護，就讓她住在他家裡。她倒是一個乖乖女，從不在夜晚出門，也沒看見她交什麼男朋友，但後來，她出事了。」

「她上幾年級？」

「高中二年級。她出事是因為有電腦互聯網，你看她的確是一個乖乖女，但她在電腦互聯網上認識了一個男人，那個男人於是請求和她見面，她和他在地鐵裡見了一面，這都是在她的監護人毫不知情的情況下發生的。然後，她便和他在網上經常聊天，他就向她發出了第二次邀請。這次是去他家玩兒。」

「她去了嗎？」梁崢問。

「去了，她當然去了。然後在那小子家裡——他大約比她大十歲，他把她強姦了。」

「真的？」梁崢難以置信地問。

「一個女人受邀去一個男人的住處，這意味著什麼？」

「可她還是一個中學生！」陳曉雯提高了自己的聲音。

「但也是一個女人。於是他——他當然是有美國觀念的美國單身男人，就把她強姦了，儘管她並不願意。後來，她的監護人發現她情況很不對勁，就問她發生了什麼，可她什麼也不說。監護人從電腦上偶然發現了她和那個男人交往，才明白了事情的真相，立刻告訴了我的朋友。我的朋友是一個很有名的演員，他去了美國，接下來就又發生了一大堆事，他們把那個幹壞事的小子給告了，法院判了那個壞小子，我的朋友也被折騰得夠嗆。然後他把受了挫傷的女兒接了回來，他再也不讓女兒離開他了。」

我每講完一個故事在車內就會引發一場令人難堪的沉默的情況再次發生了，但這一次我並不感到緊張，而是有一種擊中他們的要害和心事的快感。現在讓一個大學教授和一個律師感到緊張和頭痛的事並不多，我感覺著他們的心理變化，感到很有趣。

「你講這三個故事的意思是奉勸我們不要把孩子過早地送出國去，對不對?」陳曉雯口氣生硬地說，「但無論如何，我們已經決定了。」

「咱們再商量一下好不好，他的確太小了，他才十三歲，正是容易學壞的年齡，而且我們誰都不能在他身邊，如果把他送出去的話。」梁崢突然對她說，「我們可能會失去他。」

「不，已經決定了。我都開始辦了。」

「這事兒咱們再商量商量好不好?老婆，你看兒子這事，他這麼小，他，你說，唉，那我……」梁崢不知道該怎麼說。這一刻在妻子面前他是軟弱的，就像他家的豪華裝修完全是一個律師的風格一樣，在這個問題上他也沒有多大的發言權。

可問題是，孩子僅僅屬於生他的女人嗎?

正在這個時候，我們乘坐的汽車突然發出了一陣低吼，彷彿得了老年哮喘，汽車向左邊一彎，險些撞上隔離墩。陳曉雯讓車減速滑行到緊急停車帶，他們夫婦都下車了。

我在車內看到高速公路上的霧更大了，如果說有伸手不見五指的黑暗，那麼也一定會有伸手不見五指的白霧。在車內看他們兩個人在外面檢修，完全像是兩個薄薄的影子。

他們後來又坐了進來，這回改梁崢發動汽車，但是汽車發動不著了。他們發動了十幾分鐘，汽車仍是紋絲不動。

「這車的發動機壞了。這可是大毛病，我們只好等拖車來；快打電話吧。」

我們三個人都拿出了自己的手機。我的手機有電，但是逾期忘了到銀行交費，無法打出，而他們的手機居然全沒有電了。我手機的電池規格與他們的又不一樣，因此根本無法聯繫。現在，我們的車就這樣壞在高速公路上了。我內心暗暗地有些後悔，要是不搭他們的車而是坐社區班車，可能還會更順利些。

這時候我突然想起來高速公路邊的電話亭，它們每隔一二公里就會有一個，桔黃色的求援電話，我們為什麼不去打那個電話？

我和梁崢下了車，沿著高速公路的邊緣向前走，就走在緊急停車帶上。實際上我們一走出來，就被那白霧給吞沒了。陳曉雯在車內看車，我們去打救援電話。在高速公路上攔車是沒有人理你的，何況是這麼一個大霧天，再說人人都怕惹上麻煩，除了去打那我們從來也沒打過、只是在飛馳而過偶然掠過視線的高速公路上的電話，我們還會有什麼辦法？

我們向前走了約五十米，一直沉默的梁崢突然開口說話了：「實際上我一直受不了她，我實在受不了了。」

「你受不了誰？」

「我老婆，現在在車裡的我老婆。」

我明白了，但我又問：「為什麼？」

「因為她給我帶來了很多壓力。這麼多年都是她給我帶來的壓力，如果你娶一個女律師，而湊巧她還很有名，你就知道我說的是怎麼回事兒了。這迫使我不得不去賺錢。我是研究元曲的，你知道我寫一篇論文、那種研究元曲的論文多少錢嗎？」

「不知道，多少錢？」

「一二百塊錢！而這篇論文有時候我要寫半個月。我是一個正教授，但我一個月的收入太低了，所以我有很大壓力，我實在受不了了……」

我想起來陳曉雯有力地握著方向盤的纖纖素手。「可我一直以為，你搞學術研究，而她為家裡掙錢，這樣的搭配有多好啊！」

「嘻，女人都是自私的，問題正在這裡，如果她一個月掙五萬而我才掙一千塊錢，即使我的學術地位再高也沒有用。老兄，天下沒有白吃的午餐，女人她必須要求你要掙得像她一樣多。」

「於是你就幹上了影視策劃？」我想起來梁崢策劃的一個叫「歡樂大點兵」的電視娛樂節目，那個玩鬧的觀眾參與性節目簡直俗不可耐，我簡直不能把它和元曲研究專家梁崢掛上鉤。

「是啊，為了掙到那筆可觀的策劃費。但這就是這個時代的特徵，都得用錢說話的，在婚姻裡也是這樣。你現在明白了吧，正是因為她掙得多，所以無論房屋裝修還是孩子的教育，這都得由她說了算。我太壓抑了，我想出走，我要出走。」

我沉默了，我知道他無處可去，他就算出走了也得乖乖回來，因為陳曉雯已經把他控制住了。我們找到了第一個電話，為此我們已經走了七八百米遠了，但那個電話是個壞的。梁崢撥打了半天，最後憤怒地朝那電話踢了幾腳，大罵了幾句，我們繼續向前走，去尋找下一個電話亭。我知道在馬路對面的另一側還有一個，但誰敢在大霧天冒著生命危險去越過六條快速車道打一個電話？

「你完全可以出國講學，我知道你在美國杜克大學呆過一年的。」

「是啊，我當然可以去講學，但現在國外這些教職的位子也被填滿了，而且都是大陸人去的，他們把那些臺灣人都擠跑了，那種競爭太激烈。我覺得這事兒很荒謬，你都想像不到當我成了一個元曲博士後，精通古文和英語，但我仍舊靠它掙不了錢的那種荒謬感。我很累，我很煩，就像我們在這麼大的霧天還要去打電話一樣。」

我們繼續朝前走，第二個電話亭也是壞的，梁崢已經憤怒得破口大罵了，而大霧一點兒也沒有消散的跡象。我知道梁崢對生活的不如意其實並不是完全來自於他那個能幹的妻子，而是來自於他自己。因為這個時代已讓人從內部變異了，人人都對他已占有的生活感到不滿。就像我，能想像出一個大學教授和女律師的三口之家的有房有車的生活有什麼不幸福的嗎？

「為了孩子是否應該出國受教育，我們已經吵了兩年多了。」梁崢臉色通紅，這是我借路燈看到的，他突然惡毒地對我說，「告訴你，我們有一年都沒有性生活了，可我們還躺在一張床上，你說這有多麼荒謬。這太荒謬了，因為我對她的身體不感興趣了，我前幾天嫖了妓。」說到這兒，他又膽怯、惡毒又快樂地看了我一眼，「我和她就在一片小樹林裡幹了。那才叫刺激，老弟，我實際上反抗著我自己生活中的荒謬！」

我們找到的第三個電話亭仍舊是壞的，這使梁崢的憤怒達到了頂點。我們決定繼續找下去，因為我們在高速公路上已經走了好幾公里了，也許我們可以一直走回家去。梁崢仍舊在我耳邊講述他的生活。在這個大霧天裡我突然窺視到一對人人羨慕的夫妻生活中的陰暗面，這使我十分不安。我們站在了第四個電話亭跟前，這次是我撥打求援電話，在大霧漫卷中，我耐心地撥下了那個電話號碼。

大使晚宴

鍾晶一直想讓她丈夫帶她去參加一次京華俱樂部的活動，但直到丈夫出差去了西南，她才獲得了一次這樣的機會。

她的丈夫是一個房地產商，一個很大的房地產公司的總經理。去年他加入了這家私人國際社交俱樂部，然後他就經常去參加俱樂部的活動，即使在週末，也有好幾次將她留在家裡，因此她對這家俱樂部的活動充滿了好奇：是什麼可以讓丈夫在天亮的時候才回家？

這家俱樂部由美國一家會所管理集團投資管理，他丈夫不過是這個會齡已經五年的俱樂部的新成員。這一天是星期四，她丈夫從成都打來電話問安，她告訴他她很想他，而在家中寂寞難耐。她丈夫沉吟了一會兒說：「要不明天你去參加俱樂部的大使晚宴吧。」

這使鍾晶非常興奮，掛斷電話的時候她已決定穿那件白緞子旗袍了，那件旗袍她做好了但有三年沒去動過它，因為沒有合適的穿它的機會。她按照丈夫的指點，找到了在他的電腦裡存放的京華俱樂部的資料，先看了一下，而在此之前她丈夫從來也沒有向她談過這些。在那份資料中，她得知了這家俱樂部的會員由來自三十多個國家的在北京商界、工業界、金融界和政界的精英組成，人數目前有八百多人，外國人和中國人各占一半。

而這家俱樂部幾乎每月都有幾次活動，在俱樂部活動項目單上，鍾晶看到了這些項目：

京華俱樂部年度高爾夫球冠軍賽
商務社交高爾夫日
男子社交高爾夫日
女士社交高爾夫日
家庭高爾夫聚會
京華俱樂部年度保齡球冠軍賽
植樹節綠色行動日
國際婦女節慶祝日
京華俱樂部週年慶祝日
行業會員聚會日

女士早餐論壇

京華俱樂部雞尾酒調製晚會

雪茄與威士忌之夜

美食家歡聚日

歡樂社交時光

釀酒者晚宴

烹飪課

葡萄酒與奶酪活動日

大使晚宴

爵士健美體操與跆拳道課程

……

這個長長的活動項目名單在鍾晶的面前展現出了一幅五光十色的畫面，那完全是她所不熟悉的生活場景，雍容華貴、歡聲笑語而又珠光寶氣、活力四射。從這個項目名單上，她覺得丈夫其實早就應該讓她參加其中的一些活動，像女士社交高爾夫日、女士早餐論壇、烹飪課、爵士健美體操與跆拳道課，她又有什麼不能去的呢？她有點兒恨她的丈夫了。結婚兩年多，丈夫叫她辭去了電臺國際部編輯的工作，在家做全職太太，時間長了她覺得十分沉悶無聊，只有平日和保姆鬥氣吵架才是她的一種樂趣。當她看到這個長長的項目名單時，她的眼前交替出現的是她穿著那件白色旗袍的身影，穿行在西服革履的男人們中間。

她的確穿上了那件白色絲緞旗袍出現在了那天的「大使晚宴」的聚會上。聚會的地點就在位於北京繁華地段的京華俱樂部會所。一進會所，鍾晶就感到會廳裡的設計十分用心：典雅華貴的地毯，你的腳踩上去都不會有什麼聲音，精心挑選的家具，在各個角落閃亮的吊燈、壁燈和地燈、檯燈，映射出來自世界各地的古董（它們是真的還是假的？），流露出了一種絢麗華貴的氣氛。她的白色旗袍在西服革履的人中間十分扎眼，不少人在含笑注視著她，而她實際上已經很久都沒有注意到這樣的目光了。

在大使晚宴開始前，大廳裡站著不少男女，他們三五成群地彬彬有禮地交談，談話的聲音非常小。一開始鍾晶有些膽怯，因為她從來也沒有到過這種場合，這種場面只有電影上的西方派對才有，而她丈夫已經在這樣的環境中活動一年了。這裡的人她一個也不認識，不免內心之中有些慌亂。她知道他們都是政界、商界和外交界的精英，他們一會兒就要進入宴會廳舉行「大使晚宴」了。

「大使晚宴」，顧名思義就是今天會來不少的駐華使節，而且他們實際上已經到了，就站在她的周圍，有的還不經意地注意到她，或者遠遠地向她點頭致意。她端了一杯法國「伊雲」礦泉水，站在一株高大的室內植物邊上，抑制住內心的慌亂，在四下打量。

「我第一次見到你，你一定是新會員吧。」一個男人微笑著走過來，他手裡拿著圓口的杯子，裡面有冰塊和淡黃色的酒液。

她看著他，發現他大約四十歲，有一半頭髮已經白了，穿一套藏青色的小開領的西裝。

「你怎麼知道我是第一次來這兒？」她反問他。她覺得她並不喜歡他。因為他長著一雙可以窺視他人內心的眼睛。

「因為你還沒有向一個人打過招呼。」他笑了，「實際上我參加這個俱樂部時間也不長。」

「你像是一個高科技企業的CEO。」她逗他。

他笑了，「差不多。我是一家荷蘭通訊跨國企業的亞洲地區主管林文。我可以給你介紹今天來的這些人。你想知道誰？」

她看了看，隨手指了一個高鼻深目、又胖又大的老外。他看了他一眼：「他是拉美一個國家的駐華大使，好像是阿根廷……不對，也許是特立尼達和多巴哥共和國的？」他不能確定了。

她笑了，因為他並不是什麼人都認識，而他並沒有感到尷尬。「你的先生呢？可不可以介紹我認識他？」

「他今天沒有來，他出差了。」

「那麼他是誰呢？」

她說出了丈夫的名字。

「我見過他，上一次我們一起去打了高爾夫球，就在那個男子高爾夫球社交日。你丈夫打得並不好，因為他的推桿次數太多了。他還好幾次一桿把球推擊到河裡去了。」

「可能他打得太少了。」她為丈夫辯護。

「不，他不會掌握打球的節奏，因為在推桿中的下桿過程中，桿頭的速度與球速要保持一致，而他老是脫節。」

「我聽不懂，太專業了。」

「對不起。」他收住了高爾夫球的話題，「你覺得今天有趣嗎？」

「這些人？這些燈光？還可以吧。都是精英們，可我並不想認識他們。」

「你可以認識一些女士，我待會兒給你介紹幾個。其實大使晚宴適合夫妻一同赴會，你一個人來，就太孤單了。」

「您的夫人呢？」

「她回國了。她是一個法國人，每年要回法國幾個月。」

「為什麼俱樂部要辦大使晚宴？」她問他。

他盯著她，「就是為了建立一種人脈關係。你看，京華俱樂部是京級頂級的私人俱樂部。它現在只有八百多人，全是頂級的商界人士和部分政界、文藝界精英，而人際網絡是最大的無形資產，這實際上是一個圈子，進入這個圈子的人可以在高層運作大事情，而會員入會資格的審定是很嚴格的，並不是能掏得起錢的人就可以進來。」

「原來不過是一個有勢力的人的圈子集團，這個俱樂部。」她嘲諷了一句。

「不，應該說是有影響力的人的鬆散的圈子。你看，那些員工他們可以叫出來這裡的每一個人的名字。而且，他們還會在例會中分析在全世界二百家私人俱樂部發生的最新情況，來提高服務水平。你丈夫也是一個有影響力的人。」

她迅速地用心算了一下，全世界二百個私人俱樂部，每個俱樂部二千人，那麼一共有四十萬人，難道這個世界就是由這四十萬人類的精英統治的嗎？她發現自己一開始的緊張、慌亂已全沒有了，她在用一種挑剔、嘲諷乃至批判的眼光看眼前的一切，就像她的保姆每天都用批判的眼光看她這個居家貴婦的生活一樣。

「他不過是一家國有企業的總經理，他給國家打工而已。」

「你看，晚宴開始了。我請求坐在您的旁邊，可以嗎？」林文十分有禮貌地請求道。

「當然可以。」她立即答應了。實際上她現在已經後悔來赴這個「大使晚宴」了，因為那些大使們她一個也不認識，就算是認識了也與她不會有任何關係，這些華貴的擺設，絢麗的燈光，衣著光鮮的人們，都像是浮在櫥窗裡的擺件一樣，顯得不那麼真實。僅僅才幾十分鐘，她對這裡已經由一種神秘的仰慕到冷靜的批判了。人們魚貫進入宴會廳，進餐仍是自助形式的，不過菜肴卻相當豐盛，彷彿來自世界的各個角落的佳肴都擺在了那裡。尤其是她嘗了有臉盆那麼大的龍王蟹的一條腿，而那種螃蟹要長那麼大得需要二十年。

這當然是一個漫不經心的奢華的宴會。俱樂部的會員們仍舊三三兩兩地交談，林文照顧她吃了一些菜，就去和其他人聊天了。這時她決定不和任何人說話，也不想認識任何人，只想吃完飯早點兒回家去，哪怕和保姆吵架也比在這裡要有趣。她一邊吃，一邊大口灌了幾杯法國乾紅，來消化德式桔汁烤牛肉。但那些酒很快就起作用了，她覺得頭有些暈。這時她又想起了自己的丈夫，她弄不明白這麼無聊的俱樂部的活動，他竟然樂此不疲，好多次玩兒得連家也不想回了。她有些恨她丈夫，他改變了她的生活的方向，讓她無所適從。她對自己的狀態很不滿意，可她有兩年沒有到社會上了，她能夠適應這個時代嗎？這時她的大腦一片紛紜，有幾次她抬起頭來想看看四周的人，發現他們都傾斜著身子，她知道自己竟然喝多了。

「嗨，你喝多了。你是開車來的嗎？」林文的聲音在問她。

她點了點頭，她聞到林文身上那種松針型的男用香水的味道，是C・D還是六六型的？她無法判斷，但她能判斷自己喝多了，不能開那輛白色富康回家了。「我不能開車回家了。」她嘟囔了一句。

「那我送你。你住在哪裡？」

她說了自己所在的社區。

「我知道那兒，我們走吧，我扶著你。你的頭暈得厲害吧？」

他開著他的別克走在高速公路上，她坐在他的邊上。為了涼快一些，他把車窗打開了一個縫，這樣由於車速很快，她聽得見那呼呼的風響，外面的夜黑沉沉的，什麼也看不見，只有迅疾地撲過來的路燈燈光，而它又迅疾地後退了。她覺得這天晚上的「大使晚宴」就像是一個燈光很強的夢，那些各色人物，那些她壓根兒也不認識的大使和商界精英們後來都漸漸在這強光中消失了，因為燈光強烈到極至時，是一片霎白，什麼都會消失掉。現在，一切又重新陷入了黑暗，坐在車裡，今天晚上在強光中消失的人物又漸漸浮現了。她一個一個地清點著他們，就像在回放一部紀錄片。

「好點兒嗎？」

她感覺真的好點兒了。她點了點頭。

「你真的是不勝酒力。不過，我知道你住的那個社區，那裡的房子不錯，全部是紅磚小樓，漂亮極了。」

她想起來自己那幢小樓前的丁香樹，她在這個社區中生活兩年了。她越來越喜歡自己的社區了。這個離城區二十公里的社區是她的家，這個家馬上就要到了。

實際上的確已經到了。林文把車開到她家樓下，目送她下車，然後說：「今天的大使晚宴十分沉悶，而明天的釀酒者晚宴，特別有意思，我來接你，我們一起去玩兒，好嗎？」

第二天是星期六，早晨醒來的時候她發現保姆不見了，她還留下了一個字條，說她要回老家去種果樹，不想在北京伺候人了。保姆的這一招很突然，她弄不清楚這是為什麼。她給社區服務中心打了一個電話，叫他們再幫助她找一個保姆，然後她給丈夫的手機上打電話，可奇怪的是丈夫並沒有接聽。她很想告訴他她去參加「大使晚宴」的情況，說一說她自己的感受，再就是保姆忽然走了，這偌大的空房間十分寂靜，使她突然想要一個小孩了。她想起來她至少有一個月和丈夫沒有性生活了，他忙得連碰她都沒時間碰，整個一天都是百無聊賴的。到了傍晚，林文果然來接她了。

「什麼是釀酒者晚宴呢？我們今天要在木桶和橡皮桶中踩出足夠的葡萄汁來，看看哪一組踩出的葡萄汁多。」在車裡，林文給她解釋，她感到林文是一個很溫和的人。

「你的頭髮為什麼這麼早就白了？」她很好奇他的頭髮有一半都是白的，而他實際上也就才只有四十多歲。

「像不像是染的？」

「不像，要是染的，怎麼能黑白相間呢？」

「是啊，有一天我一覺醒來，發現頭髮就有一半已經白了。」

他很快把車開到了一家酒店，他們坐電梯到達釀酒者晚宴的現場時，有很多會員已經到場了，與昨天的「大使晚宴」不同的是，今天到的很多人看上去都很年輕，十分有活力，而且現場有六個大木桶和橡皮大盆，裡面覆蓋了一層紫紅色的葡萄。鍾晶感到了一絲興奮，因為待會兒她就要用腳去踩那些葡萄了，把它們踩出葡萄汁來。

服務人員引導他們先洗了腳並消了毒，宣布要進行兩輪比賽，每一輪有六組，每一組六個人，二十五分鐘一輪。林文拉著她的手，和另外兩對年輕的外企中國地區代表和他們的夫人組成了一組。他們先站在了一個巨大的木桶中，木桶齊膝蓋深，指揮者一聲令下，他們就開始踩了起來。

鍾晶的光腳一開始接觸到那些滾圓的葡萄時還有些癢，那些冰涼的玩意兒圓圓的，就像是無數個小牛的眼睛，讓她不敢下腳，但當那些葡萄碎裂並迸濺出汁液的時候，她體會到了一種快感，漸漸地她瘋狂地踩了起來。林文示意她加快腳步，因為其他五組人都已經半瘋了。

而這時瘋狂的迪士高音樂也響了起來，伴隨著那種搖搖擺擺的節奏，鍾晶開始加快了速度。她一腳又一腳地踩動那些葡萄，她可以聽到葡萄汁歡快地流淌出來的聲音，簡捷、明快、響亮，就像是葡萄自己的歡呼。服務人員不停地往木桶裡倒早已摘好的葡萄，他們就在木桶中使勁地踩。

第一輪六組中，林文和鍾晶這一組六個人踩出的葡萄汁最多，灌了有四大瓶。林文和她在一邊休息，一邊品嘗力嬌甜酒時，另一輪又開始了。

在一邊觀賞別人踩葡萄和自己親自踩是兩種不同的感覺，鍾晶覺得快活極了，有一種意猶未盡的快感，她十分興奮地歡呼著，為場中的參加者加油。忽然她感到有人在摸她的手，她看到坐在她一邊的林文正溫情地看著她。

「你很漂亮，很美。你的鼻子尖上有汗。」他柔和地說。

她擺了一下，抽回了手，這是一種久違了的感覺，讓她的身體充滿了電。今天與昨天是完全不同的感覺。很快，第二輪也決出了勝負，有一組踩出了四瓶半的葡萄汁，比她這一組還多半瓶。

他們第二名的獎品是每人一瓶價值近萬元的「人頭馬」路易十三。緊接著，品嘗新酒的晚餐開始了。音樂是舒緩的，仍舊是自助餐，這一刻鍾晶的內心被一種柔和的溫暖所充滿，這是與剛才踩葡萄時的歡樂與瘋狂相對比的一種情緒，她發現自己具有了近幾年少有的溫情，而這很大的程度上是林文帶給她的。

晚餐結束以後，舞會開始了。燈光在舞廳裡很暗，林文邀請她跳華爾茲。他帶得很好。雙人舞實際上就是性之舞嗎？音樂也很好，它正在催生人的心靈迸發出更多的東西，比如她心中滋生的對林文的特殊情意。

一個已婚女人很容易在這種環境中產生這種情感，在那種燈光和音樂中，她的手很少離開過他的手，她變得大膽而熱烈。一直到舞會結束，所有的會員都走了，在汽車裡——她仍舊沒去開停在京華俱樂部會所門口的那輛自己的車，他一邊開車一邊用右手輕撫她的左手。音樂仍舊是延續剛才舞會上的音樂，汽車裡他放的磁帶是一樣的，因而保持了一以貫之的情調和氛圍。他們都沒有說話，因為他們都抑制著什麼，也在期待著什麼事情發生。

他把車開進她所在的社區，停在了昨天他曾停下的地方。這一回她下了車之後怔了一下說：「進來喝點兒茶吧。喜歡喝檸檬茶嗎？」

他們坐在客廳裡，湊巧她有蘇格蘭風笛音樂，那種悠揚感傷的音樂在客廳裡迴盪，五十平方米的客廳顯得太靜了。然後他們就擁吻了。

他吻了她很久，也非常細緻，彷彿要和她的舌尖一起跳舞。在她的腦海中，吻從來也沒有這麼奇妙過。她的大腦中交替閃過舞池中兩個人的共舞，以及舌尖的共舞和內心之中火苗、那情慾的火苗的舞蹈。這三種舞蹈後來合而為一，只是在迴旋、纏繞和飄搖。然後他把她抱進了臥室，繼續他們舌尖上的舞蹈。新釀葡萄酒在她的體內發生了作用，沿著她每一寸皮膚下的血管在奔湧，她覺得體內漲滿了汁液，她自己正在變成一顆或者是一串豐盈飽滿的葡萄，而這葡萄正在被他，被一個溫情的男人榨取著葡萄汁。而葡萄汁液的迸濺是歡快的，充滿了奉獻的快感。葡萄自己會歡呼，那麼她也在歡快地呼叫。在她的腦海中，在迪士高舞曲的伴奏下，她正在快樂而又快捷地用雙腳踩動那些圓滾滾的葡萄，葡萄們在她的腳底下迸濺出濃烈的汁液。

她不知道他是什麼時候走的，她聽不見他離去時汽車發動引擎的聲音。後來她像一條渾身發亮的光潔的魚，正在朝深海游去。在無邊的黑暗中，她漫無目的地游去，游進了深深的睡眠當中。凌晨的時候她醒來了，發現天還沒有亮。房間裡只有她一個人，她的意識深處殘留著這兩天發生的事情，那大使晚宴和釀酒者晚宴的人物與燈光、聲音和影子，感到內心之中一片迷茫。她很想抓住一些什麼，她拿過電話，撥通了遙遠的丈夫的手機，手機通了，但他並沒有接聽。他的聲音將是她得救的信號，但他沒有接聽。

我女兒的故事

我女兒最近交了一個男朋友，她今年十一歲，就在離社區不遠的一所私立學校上學，上初中一年級。

這事兒是真的，因為我女兒一向把我看成是她最好的朋友，她就把這件事兒告訴我了。她說那小子和她同班，但要比她大兩歲，她說爸爸你不是比我媽也大兩歲嗎？「我覺得他特別可愛，就是說，」她眨巴著眼睛，「他特別壞，壞得很有魅力，所以我就特別喜歡他。爸爸，你不是老說你小時候也是一個壞小子嗎？」

我可能沒有意識到我女兒有點戀父情結。我和我老婆離婚好幾年了，因為女兒願意跟我，所以我把她送到社區附近的那所寄宿制私立學校了。但那所學校是一個奇特的地方，什麼人都有，我是說這些孩子的父母親都是一些有點錢的人，但是他們掙錢的辦法都是不一樣的。比如我女兒的男朋友，那個滿臉雀斑的傢伙，他的父親就是一個賣燒鵝的廣東人，為此我女兒還徵求我的意見：「他爸是個賣燒鵝的，你說這樣的家庭背景行不行？」

其實是不是知識分子還真是無所謂，於是我寬宏大量地說：「他爸是個賣燒鵝的，並不意味著他兒子將來也賣燒鵝呀。」

我這麼一說，女兒像吃了定心丸。我一向很溺愛她，如果你是一個離了婚的男人，湊巧你還有一個如花似玉、純美天真的女兒，那你沒法不溺愛她，即使她那麼小就交了男朋友也仍然溺愛她。

這事兒聽上去有點兒荒唐，對不對？

但這是現在這個社會的風氣，連我也沒辦法。我聽說現在幼兒園都有娃娃戀了，更別說我女兒了，她可是中學生。那所私立學校男女生之間的關係比一般學校的要寬鬆，其實我知道，女兒所說的男朋友無非就是她對那小子比較有好感罷了，重要的在於引導，那麼小一個小公雞，又能真正成什麼事兒？

但我還是禁不住想會會那小子，還有我那個未來的親家、那個賣燒鵝的廣東人。我一般每星期去學校接女兒回家呆兩天，然後在星期天的傍晚再把她送回到學校去。

「我男朋友真的特別調皮，特別壞。爸爸，他幹的那些壞事就像我媽告訴我的你小時候幹的一樣，所以我特別欣賞他，」女兒樂滋滋地對我說，「他還把校長和教導主任都捉弄了。」

我假裝十分不滿：「你媽就沒說過我好話！我小時候不是和她一起長大的，我認識她的時候都快二十多歲了。她小時候才是一個野丫頭呢。她那時候的外號叫『小鋼炮』。」

「爸，你們離婚是誰把誰甩了？」女兒仰著臉問我。

「誰也沒甩誰，你媽媽那人太鬧，而我又喜歡清靜，所以我們就分開了。我還是哪天去學校接你時，順便看一眼你男朋友他爸，我那親家吧。」我岔開話題。

女兒很高興，到了週五我去她的學校接她，在校園停車場裡已經停了不少來接孩子的汽車了，那些車不乏有奔馳、寶馬，而車的主人、也就是孩子們的父親或母親，都像是僕人一樣站在汽車旁等孩子們從裡面的小門裡出來。看著我身邊一輛輛車邊站著的男女家長，連我都恨不得減少三十歲，再變成小皇帝、小公主重入學校呢。我一眼就看見一個穿著一身白、頭戴一頂白禮帽的傢伙，站在和我隔一輛車的地方，是個很特殊的傢伙。我琢磨我的親家別不是這個傢伙，因為我最討厭穿白色衣服的人了。

我再一眼就看見女兒和一大群孩子出來了，而和她手拉手奔跑過來的正是一個壞小子：滿臉雀斑，歪戴著一頂印有通用汽車公司標誌的棒球帽，一臉滿不在乎的樣子，而且他好像很不情願我女兒拉著他的手，看到這種情景我還挺惱火的。但是，最要命的是那小子和他爸打招呼時，我發現我的親家就是那個穿一身白的。

「爸爸！」女兒撲了過來，而那小子的父親則迎向了兒子，彷彿奴僕迎向了皇帝，女兒很快拉著我和她的「未來的公公」見面了。

這個賣燒鵝的從上到下真的是一身白：白禮帽、白西裝、白領帶、白褲、白襪、白皮鞋，連他開的那輛車也是白色的桑塔納二〇〇〇。他和我握了握手，我們有一搭沒一搭地聊了幾句：

「你女兒長得可真漂亮，」他看我的眼神彷彿我不是我女兒的親爹，「她學習成績怎麼樣？」

「好得很，」我驕傲地說，「你兒子呢？」

他立刻像洩了氣的皮球，或者像是一隻被褪了毛的白鵝，「我兒子好像在全班倒數第一，這很叫我傷腦筋。」

我寬宏大量地說：「讓我女兒幫你兒子吧，她不是他女朋友嗎？」說完我笑著和女兒上了車。在車裡我發現我的親家的兩條腿是彎的，在筆直的褲筒裡邁動。那樣子簡直太滑稽了。女兒說：「爸，你覺得他們怎麼樣？」

「你男朋友倒真是一個壞小子，而他爸那一身白我實在不敢恭維，太滑稽了，太可笑了！」我大笑著開動汽車駛離了停車場。

不光我女兒交了一個男朋友，我最近也交了一個女朋友。我認識她那天是在首都圖書館裡，我有些百無聊賴地在查閱歷史上有關食人族的記載，結果一抬頭就看見了她。

這是一種百分之百的感覺，她就站在那裡，她屬於我喜歡的那種偏瘦型身材，一頭烏黑漂亮的頭髮，而且還有一種好姑娘的一股驕傲勁兒。後來她就站在那裡翻書，我就一直盯著她瞧個不停，把食人族早扔到了一邊，後來她就從書架後消失了。

這一晚我沒有睡好，我像所有惦記心上人的男人一樣想著她，於是我第二天又去圖書館了，這回我連書都不翻了，發現她之後我就開始盯著她一動不動。

後來她大概發現我在一直盯著她，就從那一邊向我走了過來，一直走到我的眼前，然後生氣地緊緊盯著我的眼睛，一個字一個字地對我說：「要是你再盯著我，那我就這樣站到你跟前讓你一直盯個夠！」於是我一笑，我們就這麼開始了。

其實我說的這個和她認識的過程是假的，因為這是好多年前柯林頓和希拉蕊在大學認識時的情況，柯林頓就是那麼在圖書館裡盯著希拉蕊看的。為了讓我和女朋友之間的相識顯得浪漫一些，我才這麼編造，實際上我和她認識再普通不過了。那天我在一家商場門口等人，一個朋友說要給我介紹一個女朋友，是個剛大學畢業的女生，我左等右等沒見人來，忽然看見旁邊有個女的也在等人，看那樣子也挺著急的，我就主動和她說話了，而且還邀請她去吃熱狗。我們就這麼認識了。

她叫楊琳，是一個自由職業者，最近在央視二臺上主持一個烹飪的節目，每週露面兩次，每一次都燒一個看上去令人饞涎欲滴的菜。我是在認識她之後才開始看她主持的那個節目，在節目中她動作麻利，手腳靈活地不一會兒就燒好了一個菜，的確叫我產生了不少對美好生活的聯想。我們進展得很迅速，她離過婚，我也一樣，所以我們沒費多少時間就把那事做了。

當然在做那事之前，她給我做了一頓紅燒肉，我要說這一天我吃到了兩種紅燒肉你都不會相信，因為楊琳絕對讓我意亂情迷，欲仙欲死了。

但那天我忘記了一件事，就是這一天我應該去接我女兒回來，由於和楊琳的約會，我記成第二天了。結果女兒搭那個賣燒鵝的廣東人——她「未來的公公」的車自己回來了。她有鑰匙，當她打開門時我突然想起這事兒來了，但已經晚了，於是她睜大眼睛看到了我們狼狽的一幕：楊琳衣冠不整，而我光著上身，的確十分尷尬。楊琳整理好衣服，她也沒有料到會這樣和我女兒見面，她有點兒手足無措。

「叫阿姨，楊琳阿姨。」我假裝若無其事地說。

「阿姨，你好。」女兒的眼神流露出一種捉姦捉雙的表情。這個狡猾的小東西。

三個人心照不宣地寒暄了幾句，楊琳藉故溜走了。那天女兒一下午都沒理我。

「爸，你們剛才幹什麼呢？」晚飯時女兒吃著我給她煮的通心麵，沉默了好久問我。

我往通心麵裡使勁放肉醬，「沒幹什麼，我總得有女朋友吧。你都有男朋友了，對不對？」我心虛地說。

女兒突然杏眼圓睜：「那我們什麼也沒幹啊，我也就穿著泳衣和他在游泳池裡游過泳。此外我們也就手拉手而已。他想親我我都沒讓他親。而你們，你們把衣服都脫了，耍流氓。」

問題嚴重了，我假裝板著臉：「大人就可以雙方自願地一起耍流氓，你們小孩子就不行。你知道嗎？」

女兒很害怕我口氣嚴厲地和她說話，她忽然又乖巧地楚楚可憐地問我：「爸爸，我是屬於你的嗎？」

聽她這麼一說，我鼻子一酸，畢竟我是又當娘又當爹，甘苦自知，「那當然，你當然屬於我。」

「那你也是屬於我的對不對？」女兒動情地問。

「當然，那我還會屬於誰，乖女兒？」

「這就是了，因此，我不許你屬於別人，你不許再和那個叫楊琳的女人來往。不許和她來往。」女兒算是兜了底了。

「可這不矛盾嘛。」我打著圓場，企圖拉回局面。

她撲了過來，「你是屬於我的。要不然我就和那個壞小子離家出走！」她十分認真、凶狠地看著我。

「好，好。」我突然覺得女兒對我也有一種強烈的占有欲。她嫉妒我有女朋友了。但是我會嫉妒她有男朋友嗎？

實際上我是嫉妒的，我和楊琳的關係被迫轉入了地下，而剛好女兒又放暑假了，因此我得天天陪著她。可我想著楊琳，而她也想我，女兒卻成了絆腳石。但是我又想女兒不喜歡的人我也不能娶為妻子啊！所以我很苦惱。一天那個壞小子所在的球隊要和鄰校的比賽，女兒就拉我去看了。

在學校體育場的看臺上，還坐了不少助威的家長。那個穿一身白的賣燒鵝的「親家」也在，我不願意見到他都沒辦法，誰讓我們的孩子同校呢。那個滿臉雀斑的壞小子是前鋒，球踢得還真不錯，每當他帶球向前衝的時候，我女兒就在我旁邊站起來又蹦又跳地喊加油，讓我內心之中頓時生出一種嫉妒。我琢磨女大不由爹，這女兒養大了終將是潑出去的水的時候，那個壞小子已進了球，神氣活現地向大家招手，而終場哨也響了。我女兒小兔子一樣跑到場裡，我看見她給壞小子擦汗，還啃了他一口。心如刀絞，是的，我心如刀絞。

我覺得我要處理好三組關係：我和楊琳、我和女兒以及楊琳和我女兒。現在，這三種關係都有點兒隔了。因為女兒，我一個多月沒見楊琳了。看得出這對她有不好的影響，因為她在電視上露面時勁頭明顯不足了，有一個菜似乎燒糊了；而我和我女兒，情況要更複雜，我有楊琳，她有壞小子。但從內心深處講，我們又彼此占有，又在排斥著楊琳和壞小子。至於楊琳和我女兒，她們似乎天生就是敵人，因為女人和女人天生就是敵人，生活在這三組關係之中真的有點兒手忙腳亂的。

但是我決定首先維護和女兒的關係，我覺得我和女兒的關係是我們所有關係的核心，我不能失去她。何況她正處於接近或者說已經處於危險的青春期，我必須陪她度過這個可怕的人生險灘，我當年就差一點兒沒有度過那片危險的險灘，成了真正的廢人。我尤其注意觀察女兒和那個壞小子的關係的發展。那所私立學校的風氣並不好，由於家長都有點錢，所以孩子們互相攀比的情況特別嚴重，一到逢年過節就彼此送很貴重的禮物，還送錢。因此這兩年我女兒逢年過節過生日，收受的禮品、禮盒已裝滿了一個櫃子，我開玩笑：「女兒，你看昨天電視上公審的那個江西貪官，受收的賄賂還沒你多呢。要是你當了官，早抓起來了。」

「可我又沒辦法，大家都互相送，尤其是那些男生都愛給我送，我怎麼辦？」她還振振有詞了。

這就是你有一個漂亮女兒的麻煩！

女兒不許我和楊琳來往，又有幾個星期沒看見她，有一天她給我打來了電話：

「我看我們還是算了吧。」

「為什麼？」

「因為你有一個寶貝女兒。」

「可她會長大，嫁別人，就像潑出去的水。」

「那你也得給她找個她喜歡的媽呀，她不喜歡我。」

「不，她喜歡你，她只是嫉妒我們倆親熱過了，她這是嫉妒和占有。」

「但你還不是聽她的？」

「我聽她什麼了？」

「把我先擱在一邊。」

「沒有，」我撒謊，「我只是近來工作太忙了。」

「我不想再和你聯繫了。」她口氣堅決地說。

「那我們至少保持性伙伴的關係吧，」我突然像要撈到一根救命稻草，「我們每週幽會一次行不行？」

「你這是做夢。」她冷酷地掛斷了電話。

如果你碰到了一個百分之百的女孩，但你旋即又失去了她，那種痛苦和錐心就別提了。失去了楊琳之後，我就陷入了十分可怕的境地。那完全是一種幻滅感。假如你離過婚，你就會有這種深深的失意，這是一種比沮喪、頹廢、無聊、沉悶加起來還要沉重的東西。我的一個朋友在他和妻子離婚八年之後，突然上吊自殺了，而他可能就長期陷身於這種情緒。這是一種十分灰暗的、對什麼都不感興趣的狀態。這種狀態是可怕的，加上我又再次失去了對楊琳的那份感覺，我陷入了一種前所未有的黑暗情緒。

但是要命的是我的這種情緒，還不能在女兒面前表露出來。因為我太愛她了，而我又是她全部的支撐，我得強顏歡笑才行。所以我平時忙於寫作，時時愁雲密布，週五去接女兒回家則裝作一片陽光燦爛。

「爸，我覺得你的笑有點兒假，你假笑什麼？」女兒冷不丁地在車裡問我。

「我假笑了嗎？我高興著呢。」

「你皮笑肉不笑，實際上你的臉有一半是僵硬的。」

果然，我的一半的臉已經徹底僵硬了，原來我得了面癱，一半臉可以動，另一半一動不動了，所以我的笑看上去像假笑。我完了。

接下來的一個星期我總是去扎針，我覺得我體內好多東西還在崩潰。生活中毀滅你的力量比滋養你的力量要大得多，我想我連我都失去了的話，我還會有我女兒嗎？

我把面癱治好以後仍舊很不快活，我女兒她經常偏著腦袋觀察我，就像我也經常琢磨她。

「爸，你其實很不開心，你最近煩透了。咱們家的金魚死了好幾條，你都不撈出來。」

「你觀察能力還挺強的，能當個作家。」我恭維她。

「是不是我不讓你和楊阿姨來往，你其實心裡特別不情願？」

「沒有的事兒，她那個人脾氣不好，不適合做老婆。」

「可你都和她耍流氓了，我看出來你仍想著她。」

「沒有，」我嘴硬地說，「你這人有完沒完？哎，你和那個雀斑小子怎麼樣了？」

她忽然一臉愁雲：「關係不太好了。我發現他有點花心。」

我樂了，「他怎麼個花法？」

「他踢球踢贏了，還有別的女孩也去給他擦汗，還親他。」

「這麼個花心東西，還要他幹什麼？」我怒吼道，因為誰都不能欺負和忽視了我女兒，

「女兒，要不我叫人打他一頓？」

「別別，那樣會更糟。」

「那我找他談談心，叫他離其他小騷人遠一點兒？」

女兒沉吟了一會兒，「算了吧。他再那樣，我就甩了他。我媽不就是這麼甩了你嗎？」

女兒的話說到了我的疼處。在這方面我的確也有對不起前妻的地方。因為我在參加一個劇組時和一個女演員發生了點兒什麼，被我前妻藉機蹬了我。在劇組中你沒法不和異性幹點兒什麼，你想想，幾十個男女在一個窮山溝裡封閉拍戲好幾個月，不逢場做戲行嗎？更何況演藝人士天生是感情的動物，那我犯點錯誤也就是難免的了。為此事後我都不原諒我自己，但老婆也更不能原諒我。我女兒同情我，因為我後來苦口婆心地給她講了男人是有弱點的，她倒原諒我了，但為此把我看得比我老婆看得還嚴。但女兒這是只許州官放火，不許百姓點燈，長此以往，行嗎？

我偷偷地給楊琳打了一個電話，但是她一聽見是我的聲音就給掛了，她不能原諒我的軟弱，更不能原諒我想請求她只做我的性伙伴的卑劣請求，因為好女孩說到底都是要嫁人，要有個老公的，我的情緒因此一蹶不振了。女兒繼續察覺到這一點。有一天她又對我說：「爸，你現在越來越頹廢了。」

「你也懂頹廢這個詞？」

「我當然懂。要不，我給你介紹個女朋友？」她看著我，「我們語文老師人就特別好。」

我覺得這又是一個陷阱：「我除了和你生活在一起，別的女的就算了。」

「可我長大了終究要嫁出去的啊。」女兒憂心忡忡地說，「你到時候和我們一起過也行。」

我一想到我老態龍鍾地和女兒及那個壞小子一家三口——沒小倒有個老人一起生活就覺得太荒謬了。「那怎麼行，那不行。我還是去敬老院吧。」說完這話我忽然感到十分悲涼。

女兒盯著我：「你還是喜歡楊琳阿姨，對不對？」

我愣了一下，又淒楚地一笑：「人家八成又有了男朋友了。你和那個壞小子現在怎麼樣了？」

「我正在考驗他。我和我的好朋友正在用美人計考驗他。」女兒頗有心計地說。

「了不起，真厲害。」我由衷地讚嘆女兒。

又過了一個星期，楊琳突然又給我打了電話，當時我正瀕臨於一場真正的崩潰。她說她要給我做一頓紅燒肉，而且在我驚魂未定還沒有摸清情況時她就已上門了，並且一進門就麻利地在廚房裡忙上了。那天我又吃到了兩種紅燒肉。楊琳再一次讓我意亂情迷，欲仙欲死了。

在整理衣服時，楊琳對我說：「你知道吧？是你女兒讓我來的。她找到了我，對我說，我發現我爸和你分手以後他特別痛苦，但他又充好漢，把這種痛苦深深地埋在心裡不說出來。實際上他特別想你也特別需要你，所以求你為了我爸爸而和他在一起吧，因為沒有你他會特別不快樂。而我，也會接受你的，因為我近來反覆想過，我覺得我爸爸也應該有他自己的生活。你看，你女兒多懂事啊，她什麼時候這麼懂事了？」

我無言以對，我心想我女兒是怎麼這麼懂事了呢？

那個週末我們過得很愉快，這當然不僅僅由於楊琳的烹飪手藝，而在於我們的三種關係都理順了。高興之餘，我問我的女兒：「你和那個壞小子關係怎麼樣了？」

「我把他甩了。因為他中了我和朋友的美人計，太花心了，我就把他甩了。」女兒得意地說。

我的心裡放鬆了，至少我可以真的不必有一個穿一身白的廣東佬親家了，而且他還是個賣燒鵝的。

「我現在喜歡上了我座位後面的一個老實疙瘩，他人長得一般，可特別會關心人，了解我的需要，默默地對我特別好。我覺得還是老實疙瘩要可靠一些。」

我和楊琳大笑了起來，我女兒真的成熟多了。我女兒什麼時候開始懂事的？

她說毀滅

他在看一部叫作「郵差」的電影錄像，這是一部意大利電影，他聽不懂意大利語，但他仍坐在那裡看。她走上前去看了一眼，她在屏幕上看到一個胖子。「他是誰？」她說，他動了一下身體，「聶魯達，巴勃羅・聶魯達，智利的偉大詩人，這部片子不錯，講的是聶魯達被迫流亡時在一個意大利小島上與一個郵差的交往，非常棒，比好萊塢風格的片子棒，你不看一會兒？」他側過臉來看她。

「不，我要去買東西。買蜂蜜、黃油、臘腸和芥麻，我還要去賽特購物中心買一條裙子，我看中了一條裙子。」

「你去吧。給我帶一本雜誌回來。」

「什麼雜誌？」

「《環球銀幕》。」

「好，中午想吃什麼？」

「等你回來，我們一起去吃巴西烤肉吧。」

她走過去，在他的靠背椅後站住，溫柔地摸了一下他的臉，「寶貝兒。」屏幕上有大海的美麗風景，非常漂亮，聶魯達和一個內心產生了愛情的男郵差坐在海邊說話，大海的浪花純潔有力地拍打在岸上，聶魯達在說話。她的內心也產生了十分溫柔的感情，對丈夫的感情，她又摸了一下他的臉，他的手反過來握住她的手：「快去買東西吧。」

她下了樓，坐進了汽車。將這輛她開了兩年的「歐寶」車發動著，她想起了他的抱怨，他抱怨這輛汽車太小，只是一輛女式車，今年他要為自己買一輛「別克」車，那是一種美國車。可是錢沒那麼多了，她說，湊合著開，再過兩年，你買一輛超長凱迪拉克，我都不反對。她把車開出住宅小區，駛向大街。這時她想起來後備車廂中一瓶芳香劑，她在便道上把車停下，出了車，打開後備車廂，她找到了那瓶芳香劑，她還發現另外一件東西。

這是一個紙箱子，她愣了一下，因為她過去沒見過這東西。她翻了一下，裡面全是書。其中有一個紅色封面的筆記本，她翻了翻，突然怔住了：這不是他和她的字體，這是另一個女人的字體，有些娟秀，也有些潦草，但字裡行間中有他的名字。他的名字！

她蓋好後車廂，回到車裡，一頁一頁地看。她沒有看到一個髒女人領著三個乞討的小孩，在一直敲著車窗玻璃，因為這本日記的內容太重要了。她看完了，她表情凝重得有些可怕，把那幾個趴在車窗玻璃上的髒小孩也嚇住並跑開了。她想了一會兒，沒有想明白。一個女人和她丈夫已秘密來往了三個月，而她一點兒也不知道。他們還上過床，從日記中可以看得出來，她想。她去打油門，但幾次車都沒發動好，手在發抖，但她終於把車發動起來了，汽車竄了出去。

她的表情有些麻木，她不知道該怎麼辦，汽車在車流之中漂浮，和她一樣茫然。她的大腦之中不時地出現一些空白，她後來想起來她是出來買東西的，可買什麼呢？她全忘了，她到賽特購物中心，把車停好，跟隨人群進了商場，下意識地隨著電梯上升，她發現自己來到了兒童用品部。這是一個充滿童稚的世界，可我要買什麼呢？一個導購小姐在給她推薦一種洋娃娃，那是比芭比娃娃還大的洋娃娃，黑頭髮、黃頭髮、棕頭髮的都有，「我買六個，」她說，「多少錢？」

等她拿了一大堆洋娃娃、玩具熊、電動狗回到車裡時，她在想：「我還要買什麼？」她總覺得自己忘了幾件要買的東西，但她想不起來還要買什麼了。她回到家中，進了門，他還坐在電視機前看錄像。

「嗨，」他說，「東西買回來了？現在我放的是法國作家瑪格麗特・杜拉斯的電影「卡車」，有趣極了，快來看吧。」他轉過臉，當他看到她手上提的那一大堆洋娃娃時，呆住了。「你——買這些幹什麼？」

她說：「我應該去買什麼？我忘記了。」她的呼吸有些急促。

「買蜂蜜、黃油、臘腸和芥麻，還有雜誌，可你——你買這些幹什麼？我們並沒有孩子呀，你買這個……」

一陣屈辱湧上了她的心頭，她覺得有一陣血往臉上湧，她從購物袋中掏出了那個日記本，「這個，這個是什麼？」她感到這一刻她自己很猙獰，「這是什麼？」

他用眼睛瞟了一下，目光之中掠過了一陣疑懼：「這……是什麼？」

「在你車裡的。和一紙箱書在一起。裡面有你的名字，她是誰？」她感到自己的聲音像一條冰涼的蛇。

他低了一下頭，然後他奪過了那本日記，「好吧，叫我看看。」

電視屏幕上有一輛卡車在平原上疾馳。瑪格麗特・杜拉斯滿頭青絲，她坐在一間雅致的房間裡和演員德帕迪厄在對談，她在說這部「卡車」是一部意義非常豐富的影片，「它無所不包，它包括宇宙、政治、愛情、人生、戰爭……」瑪格麗特・杜拉斯娓娓而談。而他在翻看日記，他好像早都預料到會發生這樣的事，他越翻越慢，然後丟下了日記本。

「老實說這本日記我也沒看過，」他的目光掃到了她，然後迅速地移了開去，「是，我……我與一個女人……但那已結束了……」

他以為她會像一頭豹子一樣發怒，她會衝上來，撕碎他的臉，他以為她會把屋子裡的一切都砸掉，砸掉畫王電視和格蘭仕微波爐，砸掉傳真機和手提電話，砸掉有氧魚缸和無氟冰箱，砸掉屋角的保險櫃和「奔騰」五八六電腦，砸掉所有的 VCD 和 CD 唱盤，砸掉牆上的各種相框，在那些相框中他和她在微笑，笑得非常燦爛純美。

但她沒動，她看著他：「是誰——那個女人是誰？」

他驟然之間變得頹喪了，「她……她是一家中韓合資企業的文員，一個剛從北外畢業的學生，我已和她斷了。」

她盯著他看。

「我們已經斷了，」他乾笑了一下，「我只是幫她搬了一次家。是一些書和雜物，她有很多書，她是一個愛看書的姑娘，她……」

「我要走了，我要離開你，」她平靜地說，「我現在就走。」

「可我和她已經斷了，真的已結束了。」

「這於事無補。」她推開他，開始收拾東西。她在往一個皮箱之中裝她的衣服。他有些手忙腳亂了，「你不要這樣，你不要這樣嘛。」但她很快就收拾好了，他攔住了她。「讓開」，她說，「讓開。」

「不。」他說。

她看了他一眼，「我們完了，一切都毀滅了。讓開。」

「不。」他說。

她抬起左腿，踢中他的臀部，他發出了男人最為尖利的嚎叫，捂住了兩腿之間倒了下去。她跨過他的身體，走了出去。

後來他爬了起來，她把他踢得不輕，他的兩腿之間仍舊疼得厲害，他緩慢地移到了窗戶前，他打開窗戶，把頭探出公寓樓，他看見她開著那輛乳白色的「歐寶」車已離開了，她開得十分猛，在出門時撞壞了開滿了月季的花壇，但她的確開走了，他在想她帶走了多少錢？八千、六萬？我得仔細數一下，但他發現她已把保險櫃鑰匙扔在桌子上了。他在沙發上坐下，電視上仍是瑪格麗特・杜拉斯和德帕迪厄在交談，一輛卡車在原野上不停地開著，這就是「卡車」？他苦笑了一下，他用遙控器關閉了電視機，屋子裡安靜了下來，他在仔細回想到底發生了什麼事，他坐在沙發上一點一滴地想了起來。那是一個湖南女孩，長得很秀氣，三個月前他們在墨西哥餐廳時第一次相見，當時他正在吃一份「潔吉塔」——一種墨西哥捲肉麵餅，他看見了她，就和她聊了起來。後來他帶她一起去了一趟四川，回來後他們又幽會了幾次，她畢業一年了，在一家中韓合資企業工作，她為他懷了孕，但吃了「米非司酮」藥丸之後，她打下了一個白色的小胞衣，後來她說要嫁他，這下把他嚇住了，他想盡辦法穩住她，如同一切遊戲都有一個結果，他不再去找她。她住在一間地下室中，後來她要搬家，他去幫了一次忙——最後一次，那一次她想放火燒死他，連同她一起，但他及時地撲滅了，但那次還是燒壞了眉毛。她哭了，後來，她死心了。整個過程如同一場戰爭，他給了她六千塊錢，「我有個老婆，她待我很好，我有個老婆，你……放了我吧。」

那個女孩沒有再理他，但他沒想到他為她搬家還有一箱書留在了車裡。「天意，他媽的。」他想，他覺得餓壞了，就用微波爐菜譜上的內容給自己燒了一頓飯，他一個人吃了一頓飯。後來他打開了保險櫃，他數了數，所有的現金都還在，她一分錢都沒有拿走。要是我和她離婚了，她會拿走這其中的多少錢呢？他想，她會一個人開著車跑到哪裡呢？

在汽車裡她才開始流淚，「毀滅」，她想，「毀滅了。」她開始哭泣，她想起了多年以前，那時候她亭亭玉立，她不諳世事，他拿著花來找她，他說那花是玫瑰，殷紅的玫瑰，它表達愛情，她收下了，但她的一個朋友告訴她，那不是玫瑰，那是一種月季，後來她問他是這樣的嗎？他的臉紅了，他說是的。他是從一個公園裡採摘的，是一種很像玫瑰的月季，就在那一刻她愛上了他，因為他害羞了。女人的羞色很美，可男人的羞色同樣也很美。她想，那時候他們都很窮。沒有多少錢，但他們過得不錯。後來他辭去工作，他開始做一些策劃，為各種活動搞策劃，出賣智力，再後來他買了一個專門裝現金的小型保險櫃，他為她買了一輛「歐寶」汽車，他們可以在北京任何一家大商場買他們喜歡的東西，在任何一家餐廳吃他們喜歡吃的美食，他們過得不錯。然後，今天，她就發現了那個紅色日記本。

這一切都是如何發生的呢？她和他，他和那個女人，這一切都如同水草，在她的腦子之中糾纏著，她覺得自己餓了。她在車內尋找著餐廳，她看見了一家「麥當勞」，她把車停在了「麥當勞」餐廳的門口，她進去買了幾個漢堡和熱狗，拿了一大杯凍可樂出來，路過街頭報攤時，她買了兩份報紙，一份《精品購物指南報》，一份《為您服務報》，她坐進車裡一邊吃一邊看，她吃光了那些熱狗，然後她開始按照這兩份報紙上的租房啟事的號碼，用手機打電話，她掛通了一個，說好了位置和價錢，她就開著車去看。

整個一天都是這麼度過的。她看了不少地方的房子，那些房子不是讓她感覺不好，就是價錢太貴，到了晚上，她把車停在了一個立交橋下的收費停車場，她又去吃了些東西，回來後坐在車子裡悶想，但她很快睡著了。

半夜她醒了一次，她看了一下錶，是午夜三點，她從後座的皮箱中取出了一件比較厚的衣服穿在身上，她想現在已不可能去旅館了。這時她才聽到了立交橋上面那汽車開過的隆隆聲響。午夜時分，汽車並不很多，一輛又一輛，像淒清空氣中的飛行物，來來去去。

她醒了之後，外面陽光十分燦爛，她覺得自己彷彿睡了一百天，她看了下錶，早晨十點鐘，她至少睡了十五個小時，這是這麼多年來她睡得最長的一天了。

她從車子裡出來，走到護城河邊的樹下活動了一會兒身體，她看見很多人在匆匆趕路，每一個人都在為一個生活的目標在奔忙，他們都很忙，她又看見了電線桿上的一張租房啟事，她記下了一個號碼，她回到車裡，打了那個電話，那是一個男人，他就是房東，他的聲音很柔和，也很有磁性，他們約好一個地方，在那裡，他們見面了。

這是一套位於一幢塔樓頂端的居室，那個房主是個三十多歲的男人，短髮，穿一身黑，「從這裡可以看到野花」，他領她看了房子，把她叫到窗邊說。她從窗子向外望去，在白色的霧氣籠罩之下，她可以看見從遠方瀰漫而來的野花，這野花無邊無際，淡黃色和淡紫色為主，像一塊巨大的花毯，她怦然心動，這是一種前所未有的經驗。她說，「好吧，我租下來了。」

他幫她把皮箱放到了屋角，「一個人？」

「對，」她乾脆地說，「我離婚了，一個人過。」

他點了點頭，不再說話，他把鑰匙交給她，她給了他三個月的房租，他是一個沉默的男人，他臨走之前又說了一些注意事項，就走了。

她把床鋪好，躺下來休息。她仍然覺得很累，可能是在汽車之中沒有將身體完全舒展開的原因，她渾身酸疼。她躺了一會兒，又睡著了。當她再次醒過來的時候，她發現自己頭疼得厲害，她病了。到了晚上，她發燒了，燒得很厲害，她爬起來喝一些水，她又躺下，她毫無力氣，第二天，她燒得更厲害了。她打開了手機，她在想應該給誰打電話呢？一瞬間她想到了自己的丈夫。但她旋即把他的名字又從腦海之中洗掉了。她內心之中產生了一種絕望，對生活，對周圍的每一個人。她不想打給自己的同事和朋友，因為見到他們每一個人，她都禁不住會大哭一場。到最後，她打給了他，那個房東，那沉默的男人。

他立即到了，他給她帶來了一些藥，她打開門，躺在那裡艱難地朝他笑了笑，「抱歉」，她說，「剛搬來一天就麻煩你……」

「不」，他搖了搖頭，臉上有一種痛惜的表情，他幫她吃藥，倒了些水，然後他說，「我扶你去醫院。」她看著他，點了點頭。

他扶她出了門，向電梯走去，他們坐電梯下了樓，叫了輛出租車，去最近的醫院。大夫給她打了一針，又吊了一些葡萄糖。她覺得好了一些。整個過程他都在悉心的照料。

下午，他送她回去。到了房間裡，他忽然有些局促，他說：「我走了。」

她說：「先陪我聊一會兒天吧。」

「好。」他坐下來。

「您是幹什麼的？」

他想了一想，「神經科大夫。」

她笑了笑，「是專治精神病人的？」

他搖了搖頭，「不，我主要治各種神經炎症，神經痛與精神病是有區別的。」

「我不太懂這個。」她說。

「你是幹什麼的？」

「我負責財務，在一家大公司裡。」她說。

「哦，」他說，「你病得很急，不過，也會好得很快。」

「你為什麼有兩套房子？」

「我和我媽一起住。好，你休息吧。」他起身走了。

她覺得好多了，晚上，她看電視，取了幾盤錄像帶看。這回，他這裡有一盤叫做「她說毀滅」的電影，那是一部法國片，講的是婚姻的幻象和陷阱。她說毀滅、毀滅、毀滅。在內心之中，婚姻的灰燼又揚了起來，她想起了很多與丈夫在一起的日子。但一旦這種關係有了一道縫隙，它就再也彌合不起來了。她睡著了，她夢見一個巨大的氣球，它就停在這一帶樓廈的上空，並緩慢地向她這邊的街區移動，那個氣球是黑色的，因此看上去十分壓抑，氣球的面積十分龐大，幾乎有一幢樓房那麼大，它就那麼緩慢地移動，在樓廈之間停留。這個巨大的氣球就一直停留在她的夢中，等到她醒來的時候，仍舊可以在腦海中浮現出它，因為它在她的夢中停留得太久了。

她起來洗漱，下樓去買了牛奶和雞蛋，她為自己做早餐。吃完早餐，她覺得自己仍舊無法去上班，就給一個同事打了電話，委託她請假。她又趴到窗戶上看那些野花，那些野花的花毯一直從遠處鋪了過來，從平原的盡頭鋪了過來，洋溢著生機。

忽然，屋內的電話鈴響了，她接了，那是房東，那個沉默的男人打來的，他問她好了嗎？她說好點兒了。他說好的，遲疑了一會兒，他說，「我要帶你去吃晚餐，你喜歡吃西餐還是中餐？」她想了想，「西餐，我最近特別喜歡吃西餐。」那我們去星期五餐廳吧，他說，「那是一家才開張不久的店，在東三環的邊上。我們就在那家店門口見面吧，我先會給他們打一個訂餐電話的。」

這是一家兩層樓的餐廳，一進去才知道裡面很大，而且還有一個吧臺，音樂是美國的，有搖滾也有鄉村音樂，他們選了一個不吸煙的座位坐下來，點了開胃酒和牛肉法士達捲餅、菜湯。她看到他的臉色一直很蒼白，她說：「很累嗎？」

「不，」他說，他看了她一會兒，這時候開胃酒先端上來了。「我一見到你，就知道你是婚姻之中的失敗者，」他說，「和我一樣。我想問你，像我這種人，該如何與女人相處？」

她看著他，「我是個婚姻中的失敗者？」

「是，你是的，你的表情你說話的語氣，你的心態你的情緒，這一切都說明了問題。」

她說：「我離開了丈夫，很簡單，像很多離開丈夫的女人一樣，我發現他背叛我的情感。我最恨的就是背叛。」

他笑了笑：「我老婆在兩個月以前拋棄了我。」

「為什麼？她離開你總有原因吧？」

「她說我不求上進。可我是一個神經科大夫，我弄不明白，我一直在求上進。」

她笑了起來，「就這個理由？」

「對，就這個理由，可我愛她，但我得到的卻是這種報應。我心情很壞。一開始，我根本就無法一個人在屋裡呆著，我可以感覺到四面的牆好像要隨時倒下來似的。我快崩潰了。我只好回到母親那裡，和母親呆在一個房間裡，那牆才不會倒下來。」

「有這麼嚴重？」她問，「這麼嚴重？」

「那些牆真的要砸到我身上了一樣，真的，」他說。他的額頭有幾顆汗珠，晶瑩閃亮，他是一個內向的人，她判斷，他對很多事都很認真，一切都像人體組織內的神經網絡，他要用針把它們縫好，去掉它們的炎症與疱疹。她在想像他去修補人的神經，可他卻修不好婚姻的神經。他們聊了許多。彷彿同病相憐的兩個病人。

從那以後，她和他常常在隔幾天之後就見一次面，他們什麼都聊，她也因此而弄明白了人體內那些細網一樣的粉紅色的神經是如何讓人的肌肉產生痛苦的抽搐的。她看出來，他喜歡她，還因為他們都經過了婚姻的歷練和折磨。十天之後，他說他十分愛她，他要和她在一起。她低下頭想了一會兒，她說，「不，不不，不。我不喜歡天天想到那些粉紅色的人的神經。」

她仍舊一個人生活在一幢塔樓的頂端，從這裡，可以望見浮在這座城市樓廈頂端的霧嵐，以及從華北大平原一直鋪過來的野花，她又開始工作上班了，開著她的「歐寶」車。有一天她接到了丈夫的電話，他想叫她再回去，他在哀求她，她說：「不。我現在很快活，我們一起在沙灘上壘了一個沙堡，它被水沖毀了，毀滅了，我不想再去壘了。請你別再來找我，真的。」她掛斷電話，她想她的傷痕在漸漸彌合，她不需要他了。

傍晚回到家中，她站到窗前在想一些心事，她忽然看見真的有一個巨大的氣球，正從三環那邊的街區緩緩地向這邊移來，與她夢中的一樣，那是一枚黑色氣球，它使她感到壓抑。她在想，如果用針、用一根巨大的針去扎它一下，它會立即爆開嗎？它會毀滅，並在瞬間爆炸成碎片嗎？

麥田上空的幼兒園

「你有沒有自己的名字？」我問他。他看上去太像個白癡了。在社區裡，幾乎所有的孩子都是鬼精鬼精的，即使是那些巴基斯坦大使館的廚師和技師的孩子們，儘管比較黑，但也是十分聰明，擠班車時總是能分到好的座位。這一回，他就坐在我邊上，目光直擺擺的，有些呆頭呆腦，連看我都不看。

「我有，我叫王麥。麥子的麥。」他遲疑著對我說。在窗外，我看見一片綠油油的麥子，而那片麥地邊上，社區幼兒園已經建成了。

王麥看上去就像是一個智障兒童，實際上他就是這樣的孩子。他的母親王雁翎和丈夫離婚了，一個人帶著他過。我認識她，還是在社區業主管理委員會成立大會上，她當選為我所在的選區的代表，還發表了題為「三民與四治」的演講。她真的是一個演說天才，即使是這麼一個小小的社區中的選舉，她的演講也從古代中國幾千年的一元化專制談起，還涉及了世界各國的多元化民主理論，最後到了她的「三民與四治」，即民主加科技地管理社區的理論與觀點。

她演講的時候，她兒子王麥就趴在社區物業部會議室的窗戶上向裡看，一邊流著口水，一邊向她媽媽做鬼臉。有一個傻兒子在窗外助陣，她當選了。

王雁翎是一家外企的中層經理，似乎是一家美資公司。去年五月八日美國轟炸中國駐南聯盟大使館的時候，在北京的不少外企工作的年輕人表現得更為激烈，是很多人沒有想到的，王雁翎就是一個，她要求她的美方上司立即對此事表態並向公司的中國員工說明情況，同時，她個人表示強烈的憤恨和不滿，希望美方人員參與悼念死去的三位無辜的記者烈士。美方經理確實被民族主義措施嚇壞了，他下令所有的美籍人士休假，並給公司的員工放了幾天假。一個星期以後，公司才開始上班，美方經理在公司會議上特別地做了和美國政府一樣的說明，不過顯得更真實、更感人一些。那會兒我已經認識她了，在五月九日北京的美國大使館門外的遊行隊伍中，我還看見了她的身影，我看見她暴怒地向美國大使館內扔出了一個墨水瓶。砸碎在本來就已經五顏六色的使館灰牆上。

所以，她是一個很有個性的白領麗人，我想她丈夫和她的分手，一定和她的性格有關，她丈夫是建設部城市規劃司的一個處長，有一天，突然給她留下了一個紙條，說他和她過煩了，再也不想和她一起過了，然後，他就真的沒有再回來。

這極大地傷害了她。因為她根本就不會想到有一天丈夫出走了，而她和他除了有一個智力障礙的兒子以外，他們其他各個方面都十分圓滿。在分開的幾個月中，她一次也沒有給他單位打過電話，最後還是他打來了電話。商議好了離婚的事。

但是在孩子歸誰的問題上，他們各不相讓，她弄不明白的是說離開家就離開家的丈夫，怎麼還要拼命爭奪智障兒子的撫養權呢？因此，官司打到了法庭上，法院把孩子判給她了。

「我和他是小學同學，又是中學同學，大學本科不在一所學校，但讀研究生又在同一所學校，可以說是屬於那種青梅竹馬型的夫妻。我們在讀研究生期間結的婚，我以為我們會永不分開，可他有一天卻出走了，這是為什麼？」

在社區的一家咖啡館裡，我們一邊喝咖啡一邊談。我點了一杯「英國皇家咖啡」，但是他們給我上了一杯帶著很厚一層奶油泡沫的曼爾點咖啡，十分難喝，但我也沒要求換一杯。

「主要是你們太熟悉了。可人有時候喜歡變化，他可能不能忍受一生中只有你這一個女人，於是就出走了。」我猜道。

「他在外面一定有了女人。我問他，他不承認。他只是說想離婚，他對和我在一起生活厭煩透頂了。」

「那就離吧，他都那麼絕情，你還有什麼好說的？」我可能在出餿主意，隨口對她說。

於是她就離婚了。可這個風風火火的白領麗人，領著一個智障兒子怎麼過？

為了和丈夫減少聯繫，她把兒子的姓都改成了和她一個姓，兒子就從此叫王麥了。王麥今年快六歲了，她想讓他去上學，但是學校認為他太小，希望過一年再收他，於是，她又準備把王麥送進幼兒園，那所剛剛竣工的社區幼兒園裡。

所以，在班車上，當他看見那座幼兒園時，就高興地說：「麥田上的幼兒園。我要去那兒。」

「不，是麥田邊的幼兒園，不是在麥田上面。」我糾正他。

「是在麥田上，你看，是在麥田上。」他堅持自己的看法。

可能是冬天竣工的原因，施工隊在幼兒園播種草坪的地方撒了不少麥子，它們長得綠油油的，圍了幼兒園一圈兒，看上去幼兒園像是浮在麥苗上。從某種程度上講，王麥說得對，幼兒園是在麥田上，但是，我覺得因為他智力有障礙，我必須讓他有一個十分正確的答案。

「王麥，你說錯了。麥子是圍著幼兒園長的。它們都長在地上，所以，幼兒園不在麥苗之上，而是在它們的邊上。應該叫麥田邊上的幼兒園。」

王麥聽了，疑惑地看著窗外遠去的幼兒園，仔細地想了好一會兒，固執地說：「是麥田上空的幼兒園。麥子長在幼兒園下面！」

我嘲笑地搖了搖頭，然後王麥就哭了。直到班車到了東直門，我在那裡把押送他的任務完成——把他交給了他媽媽，他仍哭個不停。這真是一個傻孩子，可王雁翎為什麼偏要他呢？

她把他送進了社區幼兒園。智力障礙兒童除了反應慢，理解能力也差。所以，王麥在幼兒園裡最大，但一些三歲的孩子也比他精，他們還經常欺負他。可如果誰把他惹急了，他會咬他們，到後來，他咬了不少小孩，他們都怕他，不和他玩兒了，他就只好一個人握著幼兒園的鐵欄杆冥想。

我有時候寫作寫累了，出去散步時可以看見他正在那裡一個人冥想，臉上流露出一種古怪的表情。而其他的孩子都在興高采烈地玩滑梯和別的遊戲，沒有人理睬他。

我說：「王麥！你在想什麼呢？」

王麥好像費力地從他的世界中走出來，「嗯，我在想，為什麼我不會是別人，我只是我呢？還有，如果別人叫王麥，他就會是我嗎？」

有時候孩子就是天生的哲學家，他們比那些絞盡腦汁想問題的哲學家要更有趣。但王麥卻是個智力障礙兒童。他不過是對所有的問題都想開通罷了，或者，什麼他都理解得慢。

「我不知道。」我回答他，我確實不知道怎麼回答他，就像有人讓我代替他們上小學的孩子寫作文，我的手筆也只會被判不及格一樣。「快出來，跟我去玩兒吧。」我叫他出來。

他很高興，這等於讓他解放了。我把他領回了我家，我女兒又在寄宿學校，我就讓他一人玩兒。後來，我去超市買第二天要喝的牛奶，我出去了一趟。二十分鐘後我回來就傻眼了，這個智障兒童用改錐把能拆開的電器全部都拆散了。洗衣機、吸塵器、電視、衣櫃、錄音機、音響和電腦，全都露出了內臟。我十分生氣，我懷疑他其實並不是智力有障礙，而是聰明過頭了！

看到我很生氣，他又很快把它們都裝好了。那些東西恢復原狀了後，我想，他肯定在某些方面是個天才。

我在那天晚上打電話把這事兒告訴了他母親王雁翎，她很興奮，說他在自家卻從不這樣拆開那些東西，她交給了他幾把大大小小的改錐，讓他去拆開自家的電器，但是過一會兒，王麥就又像個智障兒童了。他拆不開他家的電器。

帶著這麼一個兒子生活，王雁翎似乎十分辛苦，幾個月以來，我看出來她明顯老多了。她的眼圈兒老是青的，她雇了保姆，但王麥似乎不喜歡和其他人在一起，她只好又把保姆辭了。我想王雁翎該找個伴兒了，她很需要一個男人幫她支撐一下這個家。她當然有她的私人約會，可這可能又被王麥給攪了。

有一天我在社區中一家川菜館吃飯，幾個大一點兒的小孩拉著王麥在門口玩兒滑板，一邊逗他：「王麥，你媽一個人帶著你？」

「是的。」王麥很怕自己摔倒，他盯著腳下的滑板。

「可我們昨天看見你媽和一個男的進了你家門。」一個壞小子說。

「那是一個叔叔。」

「他後來好像留在你家了。」

「是，他和我媽媽聊天，還喝酒了。」

「他們沒幹別的？」

「他們……好像在打架，那個叔叔後來在床上，把我媽媽壓在下面。」

「穿衣服了沒有？」

「沒有。我媽媽在拼命叫。」

「當時你在幹什麼？她叫你了？」

「沒有叫我，我偷偷地看見了，可叔叔很忙，也很兇，我救不了媽媽，只好一個人躲在一邊哭。待了一會兒，他們又不打了，又好了。」

幾個壞小子笑了起來。我走出餐廳，指著他們：「滾蛋，快給我滾蛋！小心我打著你的小腦袋，他傻你們不知道嗎？」

他們一哄而散，踩著滑板飛快地溜走了。「我不傻，叔叔，你說錯了。」王麥很認真地對我說：「我怎麼傻了？」

王麥也許有時候傻，有時候不傻。有一個來中國音樂學院學彈中國古箏的美國小伙子，喜歡上了王雁翎，他經常要到王雁翎的家裡來。這回王麥知道了，要是讓「叔叔」在床上壓住他媽媽，是叫大伙兒嘲笑的事，所以，只要有男人要靠近王雁翎，王麥就盯得非常緊，美國小伙子假借給王雁翎教古箏之機（王雁翎似乎也將計就計，願意上鉤），手把手教她彈琴，但就是無法得手，你想想看，旁邊一個傻小子瞪著牛鈴一樣的眼睛，目盯寸步不離他媽媽，誰能下得了這個手呢？後來這個彈古箏的小伙子也只好抽身而退了。

我和王麥接觸多了，我就有點兒喜歡這個智障兒童了。因為王麥雖然智障，但他有時候會有很多稀奇古怪的想像和語言會讓我大吃一驚。比如下雨天，他會說：「路燈光濕了。天這麼黑又這麼冷，路燈頭什麼時候才能被曬乾？」

「不，是雨水把地打濕了，它是不會濕。」他母親教育他。

「燈光就是濕了，你自己看嘛！」他堅持自己的看法，「雨把燈光打濕了。」

我們有時候很少聽到孩子的話語後做一番更深入的研討，就像《皇帝的新裝》中的那個說真話的孩子，他們是一整個世界。這個世界還未被我們真正發現。

王麥在幼兒園中很孤獨，因為他做什麼事情反應都要慢一會，所以很多孩子都歧視他。他後來就不再想去幼兒園了。

「我不去那兒。」他對他媽媽說。

「那裡有好多小朋友，為什麼不去那兒？」

「他們說我是個傻子。」

王雁翎哭了起來。她不能想像自己的兒子在幼兒園受欺辱的情況，而且，更讓她無法想像的是，她的孩子從此一生都要受這樣的欺辱。可這是她必須接受的一個現實。她能怎麼樣？所以，她心情不好的時候會吹塤。塤這玩藝兒吹起來就像黃土深處的幽魂在哭，在社區中半夜響起來有點兒和社區不太協調。

王麥有一天跑了。我想可能是他體會到了一種即使是他母親都無法承擔的孤獨，王麥有一天就消滅了。

在此之前，他和他媽媽有過一次對話。「媽，是不是人家都很討厭我，而就你不？」

「人家也不是討厭你，可能是你反應慢一點。不像他們腦子那麼快。媽媽當然不會討厭你。你是媽媽的心肝寶貝啊。誰都不能從媽媽這兒搶走你。」

「可是，你要死了呢？」

「我不會死的。要死咱們一塊兒死吧。」

「不的，都是年齡大的人先死，你會先死，然後剩下我一個人，我不知道怎麼辦。」

「你會結婚，有個老婆管著你。」他媽媽逗他。

「可我不喜歡我不認識的人，我害怕和我不認識的人在一起。我不要老婆。」王麥感到很害怕。

王雁翎告訴我，她拍了拍王麥的腦殼，讓他去睡覺了。半夜的時候，一陣風把廚房的門吹開了，發出的響聲驚醒了王雁翎，她起來看見王麥的房間門開著，床上沒有人。

她披衣下樓，問門口的保安，說他們看見一個小孩在半夜走出社區的門了沒有。他們說沒有看見。記錄上只顯示有一些開進社區的私家車。她著慌了，就到處找他，後來她又回到家裡，四下找了一個遍，還翻了翻管道井，並沒有找到他。她一夜沒睡，天亮的時候，門衛給她打了一個電話，叫她出來看看，有個小孩是不是她的兒子。

她出來了，保安把她領到一棵社區中很大的國槐樹下，在茂密的葉子當中，在樹杈間，趴著一個小人兒，正在睡呢。是社區清潔工發現了他。

「我給草地灑水的時候天還是濛濛亮，便一抬頭，我嚇了一跳，以為是個動物呆在樹上，因為昨天的晚報報導附近的森林公園有三隻小黑熊逃走了，我擔心這就是逃走的黑熊。我心驚膽顫地仔細看了幾眼，發現這是一個小孩，就告訴保安了。」

王雁翎把王麥領回家，在家裡問他：「你為什麼半夜要爬到那棵樹上去？你不知道我有多著急嗎？」

「可我覺得你變成了一棵樹。半夜裡有一個聲音說你變成了一棵樹，我就出去找你。我看見你變成了一棵樹站在那裡，我就去爬到你的懷裡。我有好長時間沒被你抱過了。」

王雁翎一聽，又要掉出眼淚來。她是太忙了，忙得一直沒有時間，她把王麥抱了起來，很長時間不撒手：「傻孩子，人永遠都不會變成一棵樹的。」

王麥的父親每個週末都要帶他出去玩兒，他會在這一天滿足他所有的願望。王麥的智力殘障，但他卻仍有很多稀奇古怪的要求，比如帶他去和植物園大溫室中的仙人掌、仙人球照相合影。「我就是它們變的，我就是他們中的一個。」他這麼說。後來，他的父母都發現，他會把每一個人都看成是一種植物，比如王雁翎，他的母親，在夜間會變成社區中的那棵年代久遠的國槐，他自己是一棵仙人掌，而他父親，則是一種水薄荷。

可能是他父親常帶他去附近的河裡游泳的原因，王麥看到了水邊生長的散發著奇特氣味的薄荷草，他就認為他父親是那種草。

我呢，則被他認為是地雷花。地雷花的果實是黑色的，每一枚都像是一枚小地雷。我為什麼是那種地雷花？

「我夢見你就是那種地雷花。」王麥的回答非常簡單。

如果後來你在社區中碰見王麥，這個小腦袋的孩子就會告訴你你是什麼植物，你是什麼樹。他腦袋裡裝的植物可太多了，誰也不知道他為什麼懂得那麼多植物的名稱。

他有好久都沒去幼兒園了，有一天他媽媽帶他經過那裡時，他忽然驚喜地大叫起來。他看見很多過去幼兒園中的伙伴，他衝他們驚喜地大叫。

「他們都是各種植物、各種花！我能全部叫出他們的名字：金合歡、霸王樹、野葫蘆、龍舌蘭、糖棕櫚、馬刺樹、梧桐、果阿豆、木薯、水百合、水菠菜、紅毛丹、扁桃、絲蘭、蕁麻樹、馬錢子、蚌草、海蓬子、巨藻……」他在汽車裡對他媽媽說。王雁翎嚇呆了，她認為王麥已經得了十分嚴重的病，大腦出了問題，她直接就把他拉到醫院去了。

檢查結果是他得了全身淋巴癌，而他的大腦卻沒有問題，除了他智力有障礙。我猜想從王麥發現幼兒園裡的孩子們全是各種植物開始，他就已經開始進入了一個能想像和幻覺的時期，他走到哪裡，只要那裡有人，那裡的人都是植物，而且人越多的地方對於他來講簡直就是一個植物園。而檢查出王麥有淋巴癌是令人絕望的，這意味著他不會活多久了。他把人看成植物，是不是他已有了在來世看今生的第六感應？

這是誰都不知道的事，但他很快就發病了。他全身的淋巴開始腫大，摸上去像是橡皮，我曾經摸過他身上的癌塊，他笑著對我說：「這是死人帽蘑菇。你猜它有沒有毒？」

我想它當然是有毒的，但我的心情很沉重，因為他全身都長滿了這類東西，這種死人帽，它們會把他真的帶入一個只有植物的世界。很快，他被送入醫院，進行化療，但那似乎在加速他的死亡，我去醫院看過他一次，他已經瘦得我都認不出來了，因為貧血，他看上去很蒼白，但他還衝我笑了笑：「地雷花叔叔，你的頭上有好多地雷花。」

我是看不見我自己頭上的花的，這只有他能看見，我說：「你現在想幹什麼？」

他想了一會兒：「我想回到幼兒園裡去，原來我覺得那裡不好玩兒，可現在，小伙伴們都變成各種植物了，我就想回到那個幼兒園去，那個麥田上空的幼兒園。我能不能回去？」

王雁翎說：「等你病好了，我就把你送回去。你的病會好的。」她忍住眼淚沒有哭。

她為了給兒子治病，幾乎花掉了她所有的積蓄，想盡了各種辦法，求了各種偏方和醫師，也請過氣功師。她過去出走的已和她分手的丈夫送來了十萬塊錢，「我就存了這麼多，我都拿來了。」可這點錢，沒多久就花完了。一個身上長滿了「死人帽」的孩子，只有花錢才能抑制那些層出不窮的死人帽，但是錢還是不夠花，我在想，那麼多錢都花到哪兒去了？醫院完全是一個吃錢的機器嗎?到後來，王雁翎賣掉了她的房子，繼續給孩子治病。幾個月後，王麥死了。而王雁翎因為賣掉了房子，後來就搬離了社區。我聽說她丈夫在王麥住院期間想和她復婚，說他又後悔了，但是她不同意。走都走了，又回來幹什麼呢?她和我最後一次通電話時是一年冬天，她說她嫁給了意大利人，要去意大利，再也不想回來了。並且後來她說：「昨天我做了一個夢，夢見你的確是一株長滿了黑色小地雷般的果實的地雷花。是王麥託夢吧?這又意味著什麼?」

我當然不知道這意味著什麼，就像我從來也不知道我在別人的眼睛裡是個什麼樣子的人，有一天我經過社區幼兒園，恍惚之間我真的看見幼兒園好像升了起來，浮在綠油油的麥田之上，而且，在幼兒園裡的孩子們都變成了各種植物，像王麥說的那樣，他們是金合歡、霸王樹、野葫蘆、龍舌蘭、糖棕櫚……我擦了擦潮濕的眼睛，再定眼一看，它只是一座麥田邊上的幼兒園。

烈焰黑唇

烈焰黑唇是什麼?是火紅的頭髮和黑色的嘴唇。當然火紅的頭髮是染的,而黑色的嘴唇,那是因為上了黑色唇膏的緣故。一些女人這樣打扮著出現在了這座轉動的城市,她們的內心可能充滿了火海,那種升騰著的樹枝形的火焰,但沒有人知道這是什麼樣的火焰。

「喂,你去和我的朋友聊聊,他們都挺喜歡你的。但他們總對我說,嗯,說你這個人冷漠。你去和他們聊聊吧。你幹嘛不理人家?」阿邦推了她一下。

她看著阿邦,這是在一家墨西哥餐廳裡。他們吃完了一人一份的法士達——一種墨西哥風味的麵餅捲肉,然後又坐到吧臺前喝酒。外面正下著雨,淅淅瀝瀝,不很大,但吹起來的風很冷。她穿黑色短裙可以感覺到冷風在向上吹。她看著阿邦,他是一個黑人,他的那幾個朋友都是黑人,他們坐在另一邊在說笑。他們喝烈性酒。

「他們都挺喜歡你，嗯？你去跟他們聊聊吧，嗯？」阿邦推著她往他們中間走。

「嗨，」他們朝阿邦和她打招呼。他們有點兒怕她，因為她看上去像一座雕像。

「你們在喝什麼？他媽的，你們在喝什麼？」阿邦挪上了高腳椅，「說話呀，你們在喝什麼？」

她感到氣氛有一些冷，因為剛才他們都有說有笑，但現在他們不說話了。

「在我們一起到這兒來的路上，我看見有一輛汽車壓死了一條小狗。北京哈叭狗。問題是，那狗被壓死的時候叫了一聲，又尖又細，像麵條一樣又長又細，有這麼長。」阿邦用兩隻手比劃著。他的眼睛有點兒發紅，他剛才喝了不少啤酒。他覺得他這句話很可笑，可沒人笑。他們都不說話，他們朝他聳了聳肩。「來一打黑啤酒。」他對一個小姐說。

她沒有說話，她想離開這裡，因為她覺得渾身發冷。這家餐廳裡人很多，這是九月的夜晚。忽然有一個人在衝她打招呼，她的眼睛亮了一下，「我那邊有幾個老朋友，」她對阿邦說，「我要過去和他們聊一聊。」她沒理會阿邦，向另一個桌子走去。那是一家廣告公司的人，兩男三女，全都和她認識，她向他們走去時覺得阿邦和他的幾個朋友都在背後看她。

在更早的時候，大約是一年前，她第一次和阿邦認識了，她覺得自己當時一下子就喜歡上了他。他黑黑的，只是比炭亮一點兒，有一些憨厚。那時候她在為一家雜誌拉廣告，她畢業時沒有在這座城市找到工作，又不願意回到西南老家，只好在這座城市漂著了。她認識阿邦的時候，阿邦也才從語言學院畢業，他在一家中外合資的電信公司工作，到處推銷一種電話磁卡。「你買一個吧，小姐？這樣你往你們老家打長途就會方便多了。」他對她說。他居然懂「老家」這個詞！一從大學裡出來，她覺得自己彷彿掉入了一個旋轉著的輪盤，她就是那個在不停地轉動的輪盤上的骰子，一直在跳著，卻還不知道應該在哪個格子裡停下來。那一段時間有一個俊美的小伙子非常喜歡她，但她總覺得他身上缺少男人氣息。什麼是男人氣息？他傻呼呼地問她。我哪裡知道？我又不是男人。她沒好氣地瞪了他一眼。但當她見到阿邦之後，阿邦眼睛裡那種十分罕見的柔情立即打動了她，那是有別於任何中國男人的柔情。「好吧，我買一張。多少錢？」那天她對他說。「不，送你一張吧。你叫什麼？我叫阿邦，我是阿爾及利亞人。」他熱情而又溫情脈脈地看著她。她和他認識了，他們開始了約會。她這時正處在一種深深的絕望之中，因為她不知道自己作為漂浮在這座城市河流中的一塊木頭，她會漂向何方。她與阿邦約會，她還教他中文。阿邦是一個看上去十分靦覥的黑人，他從不說粗話，即使是講有些生疏的漢語，他仍舊是溫文爾雅的。阿邦是一個受過良好高等教育的黑人，他身上有來自另一塊大陸、一塊黑色大陸的魅力和血液的湧動。比如他連走路都像踩著一種鼓點，那是非洲黑土地深處的律動。不知不覺她發現自己已經愛上他了。阿邦很窮，他並沒有多少錢，他的父母離婚了，他有一個和他關係十分糟糕的繼父，他母親在阿爾及利亞開了一家商店，生意也很糟。但他有一個喜歡他的舅舅在法國，是一家大型汽車製造公司的高級管理人員。他從北京語言學院畢業後，又在一家理工大學攻讀下了環境科學的碩士學位，畢業後他不願意回國。他說他喜歡北京，因為北京很美、很大，彷彿是世界上最大的一個棋盤，他說。他在北京很想找一個當老師的活兒，但他一直沒有找到，就只好為一家電信公司推銷磁卡了。後來他碰見了她。

當她和一個黑人要好之後，她的朋友圈子立即炸開了窩，尤其是那個喜歡過她的白面英俊小生，開始到處詆毀她，說她下賤，居然和一個黑人混在了一起。但她不理會這些，她覺得阿邦身上有一種中國男人沒有的東西，事情很簡單，她想，我想喜歡誰就喜歡誰。我完全有這個自由。她覺得她和阿邦都一無所有，一個是身處異國他鄉，一個是離家漂泊的遊子，他們的相識相聚也就成了一種必然。這樣她看阿邦的眼神，就多出來了一種同病相憐的柔情。

她向另一個桌子走去，那全是她過去的一些同事。她曾經做過一家廣告公司的創意人員。

「在忙些什麼？」她坐下來，一個長得白白胖胖的男士問她。

「在戀愛。」

「還和那個傢伙？」一個女友問她，「你們好像吵架了。他可真黑。」

她心裡有些亂，因為她不知道說什麼才好。她覺得有些冷，她想離開這裡，她想一下子飛入那飄著雨的夜空，變成一隻消逝的夜鳥。

「喝點兒什麼？」

她搖了搖頭，「你胖了，栗小胖，你越來越胖了，瞧你的大肚子。」她笑了笑。

「喝啤酒喝的。你倒瘦了。有什麼打算？」他用眼睛朝她擠了擠。

「……也許，和他一起去法國。我們，不，是他打算帶上我一起先回阿爾及利亞，然後去法國找他舅舅。他有一個對他很好的舅舅。」

「你去阿爾及利亞幹什麼？當心別叫他把你給賣了。」栗小胖說。

「她倒會把他當黑奴賣到美洲去呢。」另一個過去的男同事這麼說。但這話並不可笑，她想。她不想成為談話的主角，尤其是成為一些事件的主角。

「我的心中有一團火，」她說，「火苗子像樹枝一樣。我總是能夠夢見這火苗。」

這時那幾個女士立即把目光放到了她的頭髮和嘴唇上面。「你的火紅的頭髮就是一團火。你這黑嘴唇也挺漂亮的，像一朵黑玫瑰。你內心太緊張了吧？」

「烈焰黑唇。這種打扮還挺有味兒，我總是可以在東三環一帶碰見這種打扮的人。可今年秋天流行的是肉色的唇膏，肉色的，這種口紅賽特就有賣的。你這打扮落伍了。」另一個女孩說。

「有嗎？那肉色一定沒這黑色好看和刺激。肉色，那不用打什麼口紅了。素面朝天，女人如今流行這個。」一個男的說。

她話不多，她覺得自己沒有什麼說話的激情，和老朋友見面也沒有更多的話可說了。如果說話也是一種垃圾的話，那麼每個人一天得傾瀉多少這樣的垃圾？這種交談毫無意義。她感到有些頹喪。一年以前恢復的對生活的信心又失去了。生活之中有一些陰沉的東西抓住了她。它總是不願放手。她坐著，她側耳可以聽見阿邦他們一幫人的說笑，她知道她坐過來，不和他的朋友們一起交談，他一定已經生氣了。但她想自己管不了這麼多了。這時她聽到有人走到她的跟前，她猜那個人一定是阿邦。

「你去和我的朋友一起聊一聊好不好？」

「不，我想回去。回家休息。」

「你是去那邊還是繼續在這裡坐著？」他的聲音立即變得嚴肅了起來。她知道他生氣了。

她轉身看著他，他的眼睛有些發紅，那是因為喝啤酒的緣故。他總是在不停地喝著啤酒，即使口袋裡還有三塊錢，他都要去買上一瓶啤酒喝。她知道這一點。對生活，他漸漸地比她還失望。生活是折磨每一個人的繩索。她想，她揚起臉看著他。

「不，我不過去。」她堅定地說，「這裡有我的朋友。」

你說你交了個黑人男朋友？她的母親在她打給家裡的長途電話時十分吃驚地問她，她母親聽上去都有點兒嚇傻了。這有什麼呢？媽媽，他是一個非常好的人，真的，媽媽，他是一個很善良的人。黑人又怎麼啦？媽媽，你說話呀，黑人又怎麼啦？他對我很好，在北京這座城市之中我們都一無所有。不，不行！絕對不行！她猛地聽到了父親的吼叫，原來父親已經把電話奪過來了。黑人，還不跟野人一樣！爸，你這話可太……他是一個碩士研究生，他對我……我和你媽馬上到北京去，我們不放心。你聽好了，除非我死，我絕對不同意你嫁給一個外國人，尤其是一個黑人……父母親風馳電掣，幾天後就飛到了北京。一見到他們，她就流淚了。跟我們回家去吧，媽媽說，你在這裡太苦了。母親環視著她這間租住的十幾平方米的小屋子，母親的眼睛就有些潮濕，父親陰沉著臉，父親總是嚴肅的，他是一個很少笑的人。他一見到她就說，把你的黑人男朋友帶來我們看看……於是她就給阿邦打電話，我父母來北京了，他們想見見你，阿邦，他們反對我們好，你去見見他們吧。他們反對我們？阿邦的聲音有些畏縮，我弄不明白為什麼在中國，非要你父母親同意，這是我們自己的事情。……你來不來見我的父母親？你來不來？她一聽他這個樣子就生氣了，她知道他有些害怕，他怕她父母會討厭他，但他還是來了。您好，伯父伯母，他用較為流利的漢語問好。她看到父母親看阿邦的眼神就像看一個動物，那種陌生和不信任是顯而易見的。他們坐下來聊天，她的父親問他，你們有什麼打算？要什麼時候結婚？阿邦就有些著急，還沒說定……他看了一眼她，你說什麼時候就什麼時候。她噗哧笑了一下，明天吧，爸，明天我們就結婚，你高興了吧？父親的臉更陰了。他什麼話也不說了。倒是母親，看阿邦的眼神卻因阿邦的靦覥和羞澀而漸漸顯出了溫柔。她知道到最後，母親是會站在她這一邊的，她不會反對的。阿邦和她一家人一起出去吃了午飯，在喝了兩瓶啤酒之後，阿邦的話多了起來，我要帶上她一起去法國生活，在那裡我有一個舅舅，他一直對我很好，他會幫我找一個好的工作的，不過一開始我們先回阿爾及利亞住一段時間，我想著倒可以先開一個小商店，一個賣各種生活用品的商店。那就是一個雜貨店吧？她父親陰冷著臉說，在北京也可以開一個，或者到我們家裡住的小城市去開一個，幹嘛非要到阿爾及利亞去？我不想讓我女兒去那麼遠的地方。那種鬼地方。阿邦瞪著有點兒發紅的眼睛，坐在那裡傻愣愣地看著他們一家人，沒有話了。她有點兒著急，那頓飯吃得很沉悶。後來，阿邦走了，她父親說：我看那孩子身上有一股邪氣，我一眼就看出來了，他不會一輩子和你在一起的，這黑人跟咱們就是不一樣，咱們從小就受孔子的家庭觀念教育，可他這人，我看對家庭從來就不會看重。孩子，你要吃虧的呀！母親看著她，跟我們一起回家吧，回家吧……不過，阿邦這孩子也有樸實的東西，我看他有些靦覥，這孩子小時候也吃過不少苦吧？那阿爾及利亞是不是像電視上的那些非洲國家那樣，天天打仗，孩子瘦得肚皮都透明了？她看著母親，媽媽，我不會回去的。你打死我我都不回去，不管我會不會跟他去非洲和歐洲，但我至少不會跟你們回家，我會窒息而死的，在家鄉那種地方。她屏住了呼吸，她不敢想像自己回到故鄉的情景，沒有比這更可怕的事情了。我不會回去的，這座城市使我飽含生活的勇氣，她想。她知道母親對她的選擇已不會再說什麼，只有父親，卻仍舊頑固地希望看到她和阿邦分手吹燈。

在另一次，那是一個午夜，她乘坐出租車穿越三環路。那個載她的司機是個話多的人，而北京很多出租車司機都愛聊天。「我六年前從中東回來，」他說，「在中東一個小國我掙了不少錢。」

「有多少？」她心不在焉地問。她那時在想著阿邦。

「你猜猜看。」

「我猜猜——有三十萬人民幣?」

「嘿，錯了，十幾萬美元呢。」

「有這麼多?」她倒真的吃驚了。

那個司機得意地看著她，「當然。我們在那兒當建築工人，我們還幹私活兒。在中東，男人特別懶，家務活兒全是女人幹。那個國家簡直富得流油，男人特別壞，整天在外面吃喝嫖賭，女人則在家養孩子。當個中東男人可真幸福。」

「十幾萬美元，算下來也有一百多萬人民幣了，你幹嘛還要幹這出租車呢?」她問他。

「中國男人，哪能閒得住啊。我必須得幹點兒活兒才安心，天天在家呆著可不行。我又不會吃喝嫖賭，我只好開出租車了。這活兒多自由，不想幹了，我立刻回家睡覺去，什麼時候想幹我就開車出來，這不挺好嗎?中東男人倒可以常去妓院了。對了，中東的一些妓院，有不少中國女孩子呢。那可叫可憐啊。」

「中國女孩?她們怎麼去當了妓女了呢?」

「咳，這話說起來長了。八十年代初那幾年，中國開放時間不長，中國女孩都以為外國人有錢，拼命追外國人，就連黑人也追。可外國人中窮鬼多得是，尤其是一些黑人，在非洲都是酋長和皇親國戚什麼的，來中國騙女孩一騙一個準，許諾把她們帶出中國，出了國沒幾天就把她們轉手賣了，賣到中東的妓院去當妓女了。我們在中東時，有一天從工地外跑進一個中國女孩，那女孩眼睛還挺大，跟你的眼睛一樣大。她一看見我們就哭了，她說她剛從一家妓院中逃出來。她在那兒被關了一年了。她就是被一個黑人從中國騙到塞拉利昂，然後又從那兒給賣到中東的。而這女孩，早幾年還是北京的大學畢業的呢。女大學生也有這麼傻的？你也是個女大學生吧？你可沒這麼傻吧。不過在國內也有這種事，不是有個女研究生給人從武漢拐賣到山東去了嗎……」

「後來，那個中國女孩怎麼樣了？」她瞪大了眼睛問。

「她叫我們幫她聯繫大使館。可接電話的一個臭小子，一聽這事就說，我們管得過來嗎！這全是她自找的，活該！後來我們一方面收留住她，以免叫妓院的人再把她抓去，一邊又不停地給使館打電話，直到驚動了大使，才把那女的救了，給帶回國內了。所以，女孩與外國人攪在一起，千萬要弄清那男人是不是真有錢。外國人中的窮光蛋多著呢。人一窮就特別壞。……」

「……我到了，師傅我要下車，謝謝你。」她說，她下了車，她想阿邦應該不是那種壞男人吧？不過，一旦出了國，可真由不得自己了，她想。她不知道自己到底怎麼了，她想出了眼淚，為什麼愛是一件這麼難的事？

「你會把我賣了，要是我和你一起去阿爾及利亞。」她目光幽深地看著他。她的耳邊總是響起那個出租汽車司機的話。

「賣你？把你賣到哪兒？」阿邦吃驚地看著她。現在他們在杭州。阿邦失去了一個去當教師的機會，他的口袋裡連一個子兒都沒有了，而她剛好收到了家裡寄來的四千塊錢。他們就一起花這四千塊錢。

「把我賣到中東去做妓女。有這種人的。」

「你瘋了？」他的眼睛瞪得很大，他覺得她是陌生的。人和人總是在瞬間熟悉了，而後又迅速地陌生下去。

「咱們有前途嗎？」她嘆了口氣。西湖邊上的桃花開得燦爛，而她的心情卻並不怎麼好。她和阿邦在一起已經半年了，阿邦作為一個男人，他的習性、脾氣，甚至他的氣味，早已為她所熟悉，她覺得和他在一起她是在愛著。可阿邦是一個懶男人，他愛丟東拉西、隨遇而安，他不是那種凡事主動去爭取的人。就在不久以前，一所大學聘用外籍教師，他寄去了一份簡歷，面談的時候人家讓他等著消息，於是他就一直在等消息。

「像這種事應該多主動去爭取的，你怎麼會這麼傻，就這麼等著。」她說了他，那時候，他已失去了這個機會了。他有些垂頭喪氣，「不如咱們出去玩玩兒吧，咱們去杭州吧。」

在路上，他們開始吵架，他們在吵什麼?連她也不知道，她就是想和他吵架，於是她就不停地和他吵，為了任何一件事。

「你看我不順眼了。」他看著她說，「你看，那裡的桃花多美。我在阿爾及利亞，沒有見過這麼美的桃花。」他的眼睛仍有那種熱情的亮光，但也含有一種憂鬱。

「我覺得好累。」她說，在去杭州之前，她已從一家廣告公司走了。她和一個副主管吵了一架，那個人不喜歡她的創意與文案設計。總之他就是看不上她。她就走了。

「我們是兩個沒有工作的，北京話叫做『漂人』。」她說。

「我可是一個國際流浪漢。」他咧開嘴笑了。「工作會有的。」

「我們該怎麼辦?」她問他。那些桃花開得茂盛和繁密，叫她心煩意亂。

「去阿爾及利亞，然後再去法國。」

「你總是這麼說，可我恐怕不習慣那裡的生活。」

……現在她已弄不明白自己找的生活理想是什麼了。一開始她想成一個家，找一個可靠的男人。但她發現她接觸的男人都是自私的，他們通過她來喜歡他們自己。另外他們都有一種市儈味兒。她沒有找到一個她可心的有詩意的男人。阿邦帶給了她異樣的感覺，可這種感覺也在鈍化。一碰到現實生活冰冷的鐵拳頭，什麼都要被砸得粉碎。到後來，即使是在做愛之中，她也感到了自己的孤獨。我會漂到哪裡？她有些沮喪，我什麼都感受不到，她想。我變遲鈍了。他伸進我體內的是個什麼東西？它在變冷還是在變熱？它在膨脹還是在退縮？她不知道。後來她懷孕了，她打掉了它，她總在想它，那是一個什麼樣的小東西？長大了是黑人還是不黑不黃的人？她是一個人去的醫院，大夫很好。她吃了一種口服的避孕藥，三天後就打了下來，一團血污中的白色胞衣。跟魚的鰾有點兒像。她睜大眼睛看著它，你是生命嗎？她聽見的是死寂與沉默，它不回答。它不會回答她的。我多想做個媽媽呀！她想，可我養不活。這需要很大一筆錢，現在一個小孩的成長之路上堆滿了金錢。小學、中學、大學……這得要一二十萬塊錢。她把它扔了。她彷彿看見了另一個自己，在成長的路途中像草一樣長大了。打掉了那個孩子她就把自己的頭髮理短了，並且染上了火焰的顏色。她給自己上了黑色的口紅。總之在這座城市中她已使自己變得特別了。她在夢中夢見自己飛越城市。城市是一種真菌地帶，每一幢大樓都是一個蓬勃生長的真菌，一個巨型的蘑菇。城市在向上生長，城市在叫喊著，這是一座叫喊著的真菌城市。而她一個人在真菌一樣的樓廈間獨行，她找不到回家的路了。那些真菌一樣的樓房都是黑壓壓的，沒有燈光，沒有流水聲。

（下面是她抄錄的加拿大詩人瑪格麗特・阿特伍德的文章〈嫁給劊子手〉）

她已被判處死刑：絞刑。若是一個男人，可以變成劊子手以避免這死，若是一個女人，可以嫁給劊子手而避免這死。但此刻，沒有劊子手，所以無可避免。僅僅有一個死，無限期地拖延。這不是想像虛構，這是歷史。

住在監獄中是生活在沒有鏡子中。生活在沒有鏡子中即是活在沒有自我中。她正活在無我中。她在石牆上發現一個洞，牆的另一面，一個聲音。這聲音穿過黑暗而來，沒有面容。這聲音成了她的鏡子……

他說：牆角，繩頭，臂膀，嘴唇，酒，肚腹，頭髮，麵包，大腿，眼睛。

她說：乳頭，打開的門，一片田野，風，房屋，太陽，一張桌子，一只蘋果。

他們倆遵守他們的諾言。

他說了什麼當他揭開她的面紗？當他看見她不是一個聲音而是一個肉體時又如何？當發現他為另一個人留下一個鎖著的房間她說了什麼？自然了，他們談論著愛情，雖然這不會使他們永遠保持熱烈。

他說：腳，靴子，命令，城市，第一，路，時間，刀子。

她說：水，夜，柳樹，辮子，大地的子宮，洞穴，肉，裹屍布，打開，血。

他們倆遵守他們的諾言。

人人都說他是一個傻子。

人人都說她是一個聰明的女人。

他們使用這個字眼：設圈套。

「我不過去。我冷，我要回家去。」她說。

阿邦瞪著發紅的眼睛，他又喝多了，他和她在一起使她變成了煙鬼。她在抽煙，栗小胖他們都看著阿邦和她。這是在一家墨西哥風味的餐廳裡。音樂是激烈的。

「你過去一下，和他們聊聊，他們就要回非洲了。」

「我要回去，我冷。」她說，這時阿邦已經生氣了，他伸出手來抓住她的肩膀。氣氛緊張了。栗小胖站了起來，他不高但他很胖，「你幹什麼?」他厲聲說，「不要對中國女人動粗。我討厭這樣。」

「她是我的女朋友，」阿邦說，「你過不過去?」他縮回了手，「要麼坐在這裡咱們就完蛋，要麼和我的朋友在一起，咱們一起去非洲。」

她感到內心的火焰在迅速燃燒，她站起來，「我不過去，我也不在這兒。」她朝栗小胖們笑了一下，「我走了，再見!」栗小胖氣呼呼地坐了下來。如果阿邦打她，他就會打阿邦，他認為一個外國人不能打中國女人，何況這個女人也是他的朋友。

她走了出去，空中的雨絲像蛛網一樣掛在黑暗的空中。阿邦跟在她後頭，「你讓我丟面子。」他衝過來，搧了她一巴掌，他把她推了一把，她跌倒在泥地中。她感到冷極了，她感到子宮也很冷，裡面又有一個小生命在活動。她內心的火焰滅了。她坐在泥地上，她看見阿邦鑽入了一輛出租車。她內心的火焰滅了。她希望雨可以把她的紅髮烈焰洗淨，把她黑色的唇膏也洗淨，使她重新變成一個新的人，她沒有哭，又一次愛結束了。這是城市中的規則，一切都在變化，如同真菌的生長。這是一次火焰生發的過程，她想。城市仍舊是一條河流，而她則浮在這河流中，抓住了一塊順水漂來的木板，使她又失去了它。她仍會向前漂。可城市的河流之上，看不見其他的木板，現在看不見任何其他的東西。

天真

我碰到了兩個小妓女。說她們是小妓女，因為她們看上去實在太小了，我估計還不到十八歲。我是出差到一座縣城去見到她們的。那是一次公差，我出差到那座很偏遠的縣城，那是一片大山中的一座小縣城，終年被雲和霧所包圍著。當然，一旦太陽出來，這些雲霧都會飄散了。

一天晚上，我去髮廊理髮，理完髮髮廊小老板（女）問我：「要按摩嗎？」

我感到我的確有些勞累，我點了點頭，老板打電話，叫來一個穿一身黑衣服的豐滿的小姑娘。然後她就把我領進按摩室，說是按摩室，實際上是非常簡陋的五六平方米一間的小屋子，每間屋子還有兩張床，床和床之間用布帘子遮著。

我剛想趴到床上去，卻發現她在脫衣服，我說：「嗨。」

「怎麼了？」她偏頭問我。

「幹嘛……脫衣服？不是按摩嗎？」

她笑了笑，依舊在脫衣服，她把上衣都脫光了。兩個乳房翹翹的。

「嗨。」我坐起來，我明白了，我說：「我只想按摩，我不幹這個。我只想讓你按摩我，我不想按摩你。」

我們都笑了，我說：「這裡太髒了，又太亂，你們就在這種地方接待？」

她點了點頭：「在我們這裡，按摩就是那種意思。」

我問：「你有多大？」

她說：「你看呢？」她一邊穿衣服，我看見她的翹翹的乳房了。

「三十歲。」

「不，還要小一歲。」

我坐在床上，兩個腿在床下晃。「我不幹這個，你太小啦。」

「來出差？」

「對，啊，」我拍了一下腦袋，「和我一起來的大老劉幹這個，他和他老婆關係不好。」

「你們住哪裡？」

我說了我們住縣城賓館的房間。然後我就走了。走出去一路上我在想，我沒法幹她，因為我愛我老婆，我不喜歡在一個又小又亂的地方和自己不喜歡的人幹那件事，我喜歡在寬大的床上，洗完澡從從容容地和老婆幹這事兒。那種感覺完全不同。我不是也不當嫖客，更何況她那麼小。才十九歲，和我妹妹一樣大！

我想我再也不會見到她了，沒想到第二天晚上，門被敲響了，進來了一個瘦瘦的小姑娘，她手裡拿著一支煙，一邊吸還一邊皺著鼻子，我沒見過她，但她一進門就對我說：「阿秀叫你下去呢。他是老劉吧？」她指了一下床上斜躺著的大老劉。老劉剛在電話中和老婆吵了一架，正在氣頭上。我對老劉說：「老劉，有姑娘來陪你啦！那我出去了！」

我走了出去。那個皺著好看的鼻子的小姑娘給了我一個房間號，我就下去了。我明白了昨天要「按摩」我的那個小姑娘叫阿秀。我敲了敲位於一層的門。「進來吧。」門開了，我走了進去，這和樓上一樣，也是客房，不過是一層頂頭的一間。阿秀正在洗衣服，她穿一條樸素的牛仔褲，一件露出肚臍和小後背的小背心兒。

「阿麗和老劉談成了？」

我說：「不知道，應該談成了吧。你一個人洗這麼多衣服？」我看到衣服很多。

「你進去坐，我馬上來。」

我進了屋子，裡面是兩張床，有蚊帳，東西亂亂的，都是衣服，和幾本流行雜誌。過了一會兒，阿秀來了，她擦乾了手，「咱們幹什麼？」

我笑了，「反正我不按摩。」

「那咱們玩牌吧。玩贏錢的。我要把你贏個精光。」

「好啊。」我來精神了。

於是我們就玩很簡單的力爭上游，她的手氣好，一會兒就贏了我二十塊錢。我們一邊玩一邊聊天，我想我下來找她，主要是給老劉騰出地方，我也不想幹別的。

「你還不想按摩？」她問我。

「嗯，」我點了點頭，「我愛我老婆。」

「這不矛盾嘛！」她瞪大了眼睛。彷彿我是一個外星人，「很多男人都一邊愛老婆，一邊幹這個。」

「你幹這個多久了？」

「三個月。」

「為什麼要幹？為了錢？」

「不是，也是，」她偏頭在想，「我和我男朋友吹了。我和他的好朋友吵了一架，他認為我不給他面子，就和我吹了。」

「吹了就吹了唄，再找個好的。」

「他可是一個小帥哥呢。追他的女孩特別多，所以一氣之下我就從河源市（另一座城市）來這裡了。」

「你這樣做誰也報復不了，只能報復你自己，你父母不擔心？」

「擔心。所以，我每月都寄錢回去，這樣他們才會以為我在工作。所以，我肯定得按摩呀。」

「還想著你的男朋友？」

「嗯。」

「幹嘛不去找他？」

「不找。」她想了一下，「我給你看看我寫的日記吧。」

她取出一個日記本，讓我看，都是她和男朋友吵架、分手的情況。看得出她很愛他，但是，他們分手了。我拿過來自己翻，翻到一頁，寫著：「媽媽，原諒我的一生！」

我驚異了一下，我問：「這句話是什麼意思？」

她奪了過去，看著我，「沒什麼，我覺得我沒什麼……意思……」

這時候，那個皺鼻子的叫阿麗的小姑娘也回來了。我看了一下錶，二十分鐘，老劉可夠快的，我想。不過他出手一向大方，因為阿麗很高興的樣子。

「嗨，你們怎麼那麼快？」阿麗問我們。

「他不幹。」阿秀指著我說。

「還不幹啊！」阿麗很失望。

「他愛他老婆。」阿秀認真地說。

阿麗愣了一下。阿秀問：「他給了你多少？」

「五百塊。」

我這會兒想上去了，我想了想，掏了一百塊錢給阿秀，「阿秀，謝謝你陪我打牌，我上去了。」

「不，別去，咱們聊天吧！」阿秀說。

「好呀！」阿麗也很有興致，「昨天阿秀回來說你這個人不錯。咱們聊聊吧！」

我們三個人都坐在床上，我問阿麗，「阿麗，你最喜歡幹的是什麼？」

「我？」她又皺了皺鼻子頭，她煙癮很大，又抽上了，她拿煙是斜著拿，怪好看的。「我就喜歡讓喜歡我的男孩傷心。」

「咦，這倒是個好生意。你怎麼讓他們傷心的？」

「我先讓他愛上我，然後，突然，我就說要和他分手，他就一副很傷心的樣子，我就很開心。」

「這麼幹了幾回了？」

「好多回。」

「為什麼？」

「因為，因為我得試一試他們是不是真心的。」

「怎麼才能試得出來？」

「如果一個男孩，讓我試了好幾次，過了兩三年，他還喜歡我，那我就嫁給他。」

「那你太狡猾了。」

「那當然，不試一試，不檢驗一下，怎麼知道他對我是真的？」

「阿麗變壞了。」阿秀說，「人家傷心的樣子，可可憐了，她還在笑。」

「嗨，阿麗、阿秀，」我認真地說：「你們有什麼打算沒有？我是說，你們並不打算一輩子都給臭男人按摩，對不對？」

「我們想一起到香港去！」阿麗說，她又抽上了一根煙，她的煙癮可真大。

我嚇了一跳，「到香港去？」

「香港再過幾天，都收回來了，那就是我們的了，我們怎麼不能去呢？」

「那也不行。」我想，她們可真天真。「香港收回了，中間也拉著鐵絲網呢。你們過不去的。」

「為什麼不讓過去？收回來了不是我們的了嗎？」兩個人都很吃驚，看來她們真的打算掙點兒路費然後去香港的。我說：「還有一條河，也把大陸和香港隔開了。你們要去只能偷渡，坐船或游泳過去。坐船只能藏在船艙底下，但那很容易悶死。」

「那我們游泳過去！我們兩個人游得都不錯！」

「哈，」我說，「在香港那邊的河灘上，有很多死人，都是游過去，剛上岸就被警察打死了，就趴在河灘上，一片片的白骨和死屍。」

「哇！」兩個姑娘都嚇住了。

我們都沉默了一會兒，我又問：「阿麗，你為什麼要抽這麼多的煙？」

「我很小時就抽。」

「你爸教你的？」

「不是，我記不得他了。我很小的時候，那時候我可能才三四歲，我爸和我媽就離婚了，所以，從小我就覺得我和別人不一樣。真的和別人不一樣。我很厲害的，」我看見她的臉上閃過一絲憂鬱之後，又不見了，「我從小就和男孩打架，我把他們打得直哭。」

我於是相信了有了孩子，離婚對孩子影響非常大的說法了，我又問：「阿秀，你呢？」

阿秀比阿麗豐滿，她是一個健壯的姑娘，「我在想，要是我們不能去香港，那我們去哪兒呢？」

「你最喜歡幹什麼？」

「我想當演員，跳舞、唱歌，或者在酒樓裡當服務員也可以呀。咦，那我去北京吧。」

我想，這兩個姑娘都很可愛，也很漂亮，要是她們出生在北京，而不是出生在這樣的與世幾乎隔絕的小山城，她們的命運可能就是另一種樣子了。她們在大城市中，真的很容易實現她們的一些夢想。但現在，為了積攢出山的路費，和寄錢給家裡來證明自己在幹正經事兒，她們得在這裡，背井離鄉來「按摩」。我想我過去在很多城市，在北京，在西安，在大連、鞍山、深圳、廈門、武漢，我見過各種各樣的「野雞」、暗娼、三陪小姐和從事「特殊」服務業的下崗女工，但是，阿麗和阿秀的那種清純的東西打動了我。對於她們而言，世界還在山外面，她們要走出去，她們想去香港，想當演員、當母親，想叫一個真正愛她的男人傷心好幾回後再堅決地嫁給他。她們有一種非常清新的東西，使我覺得人性之中有一種純亮在卑污的交易中脫穎而出。

當然，她們並不知道我想了些什麼。我只是一個路人，我不想當嫖客，今後也不想，因為我忠於我的戀人，我真的非常熱愛我的戀人的身體和心靈，我想後來我也並沒有讓她們失望，我們聊得很好，很多，我們聊得很開心，我們一起做遊戲。其間我看到阿秀的牛仔褲的膝蓋被磨出了一個洞。

「我想去買一塊布，自己做一條褲子。可錢不多了。」

「要多少錢才夠買一條褲子布？」

「一百多塊。喂，快出牌！」阿秀對我說。

於是我又扔出了一張牌，「在大城市，膝蓋上磨出一個洞是十分時髦的事情。」我說。我記不得我們玩兒了多久，後來，我竟然睡著了。

過了好久，我才醒了過來。我發現燈還亮著，只是我們三個人，都以不同的姿態和衣歪倒在床上，她們兩個人都睡著了，我揉了揉眼睛，看著她們的睡姿，她們睡覺的樣子很好看，都是側臥著。阿秀的頭髮很美，散開來，在床桌上像飄在水面的蓮花葉子，很規則。我弄不明白她是怎麼樣睡才能把頭髮攤開成這個樣子，她的性感的小背心很短，露出的脊背白白的。牛仔褲的膝蓋處吊下來一些絲線。而阿麗，那個瘦瘦的小姑娘，在夢中也偶爾皺一下她的小鼻子，那種樣子仍舊十分調皮。我想她一定已經讓不少壞男孩和脆弱的男孩傷心過，因為她從小就覺得自己和別人不一樣。她們和衣躺在那裡，睡得很香，我看了她們一會兒，我敢打賭她們肯定不到十八歲，雖然她們一個聲稱自己有十九歲，另一個說自己有二十歲，可她們一定還不到十八歲。

我掏出兩百元，放在阿秀的腦袋邊，阿秀睜開了眼睛，我說：「睡吧。這是給你買布的錢。」我拍了一下她的臉，她笑了一下，又閉上眼睛。

我站起來，輕步地走了出去，帶上了門。

第二天一大早，老劉和我就坐車離開了這座被雲霧繚繞的小山城。我想她們一定還在熟睡，因為我們走得太早了。而且，今後我也不會再見到她們了。

過了三個月，我打電話讓那個縣的朋友去查證一下阿秀和阿麗的下落。那個朋友告訴我，阿秀被一個嫖客用刀砍傷後，下落不明，可能已離開了山城，而阿麗，那個喜歡皺著鼻子的姑娘，被查出帶有愛滋病毒，已被隔離治療了。

掛斷了電話，我想，這兩個姑娘在這個成人的世界中加速地成長著，她們一邊成長一邊喪失。但我確信我看到了純真之美，在卑污的環境中的那種人性的光華，只是那麼一點點，也完全可以和黎明的閃光相媲美。

內河航行

「在內河上可以看到什麼?」女兒問她，「僅僅是可以見到電視塔嗎?」

「不，可以看到很多東西。也許我們還能看見天鵝。報紙上說最近有幾隻黑天鵝落在玉淵潭湖面上了。黑色的天鵝，非常美麗的天鵝。」

她和女兒一起收拾東西，女兒這一年多身體好像突然成熟了，快得連她都沒有做好準備，因為女兒過去就像一棵豆芽菜，但現在，她覺得女兒飽滿，渾身充滿了彈性。但就是這具讓她如此熟悉的身體，現在讓她感到了陌生，就在前天，女兒——她剛滿十五歲，告訴她她懷了孕。

絕大多數女人都要懷孕的，在她們的一生當中。但女兒的懷孕顯然太早了，這讓她一點兒準備都沒有。她是一個劇作家，每天都在忙於編寫影視劇本，同時又是社區業主委員會的主任，經常要和社區物業管理公司打交道，幫助解決社區業主與發展商之間的糾紛。七年前她離了婚，女兒跟了她，從那以後她一直沒有再打算結婚，因為她用七年時間讓自己成了一個炙手可熱的劇作家，她買下了房子和車，還把女兒送進了一所寄宿制的私立學校。她對自己的生活十分滿意，但前天女兒告訴她這個消息之後，她感到自己摔進了一個冰窟窿裡，心中一團亂麻。

她們把東西都收拾好了，這是一個星期六，陽光很好，她們準備去進行一個月前就計劃好的一次內河觀光航行。這座城市治理了它的環城水系，並於近日開辦了觀光的水上遊艇航線，女兒很想去那條城市內河上看一看，因為她去年由她父親——他好像也仍舊是一個人，帶她去了一次巴黎，並於有好幾天都是泡在塞納河的遊船上，或者是岸邊。因此，女兒很希望在自己出生的這座城市也進行一場內河航行。

但前天以後，她為這次內河航行所做的心理準備全部失效了。女兒告訴了她她懷孕的消息時顯得相當成熟穩重，一點兒也不驚慌，這讓她吃了一驚。她問她那你想怎麼辦？女兒想了一想，也許我要做個單身母親了。

那一刻她真想打她，十五年來她從沒有打過她一下。但那一刻她真想打她了。但她那時候開始意識到，女兒似乎已經像一個真正的女人了。而且，女兒顯然在用自己的懷孕，來向她發起了某種挑釁。

她內心一片大亂，她沒再說什麼，而是認認真真地想了一天，她在想自己為什麼不注意，讓女兒成了這個樣子呢？寫過很多人情冷暖、男歡女愛的劇作家那天一個人流出了眼淚。

「我不會也不想告訴你他是誰，因為我們已經分手了。」女兒那天憂傷地對她說。

「我陪你再去醫院檢查一下，我想……」

「不，媽媽，我有早早孕試紙，我試了好幾次，而且正常的例假已經推後一個星期了。」

過了一會兒，女兒去洗手間，取出了一條剛試過的「早早孕」試紙讓她看。果然，一條被逾越的紅線讓她心驚肉跳。

「我明天陪你去醫院，再檢查一下。」她不容置疑地說。

「媽媽，明天是我們去內河上觀光的日子。我不去醫院。」女兒說。

她盯著女兒的眼睛，有一陣子她都要挪開自己的目光了，因為這種對視是一場意志的較量，女兒的目光清亮、倔強，讓她招架不住。

她弄不明白女兒這時候的意志為什麼這麼堅強，她只有十五歲呀，為什麼她都要把她打垮了？

「好吧，」她沮喪地說，「我們去內河航行。」

她們好不容易才買到票，坐上遊船。排隊等候上船觀光的人非常多，而且，她開車一路老出神，有幾次差點兒撞了別人的車。因為闖紅燈，被警察罰了款。這一切，女兒坐在她身邊一聲不吭。她似乎等待著母親的怒氣大爆發，但是一直沒有，直到她們登上了遊船。

「遊船比塞納河上的差遠了，」女兒說，「這條船太土了，他們不是說從法國引進了遊艇嗎？」女兒戴上了她的紅邊小墨鏡。

「坐好了，當心別掉下去了。」劇作家對女兒說，「我們一下子就可以到玉淵潭了。」

的確，遊艇開得很快，經過治理的內河上很乾淨，遊艇駛過之後，水面捲起了一波清亮的碧浪。岸邊翠柳依依，和風習習，十分愜意。女兒很高興，一見到水她就高興，女兒在船上開始唱歌，她唱得太好了，以至於遊客們要求導遊把傳聲筒給她，讓她在船艙前部給大家表演。於是她唱了很多歌，尤其是節奏明快的張惠妹的歌。女兒邊唱邊跳，她跳得一點兒也不比張惠妹差。

這使她聯想起自己最近寫的一部青春偶像劇，選演員的時候導演提到了張惠妹，剛好她在北京演出，導演、副導演和她都去看張惠妹了，見到了她才發現她又黑又小又瘦，皮膚也並不好。這個臺灣高山族的小妹妹要出演這部偶像劇，不一定會好的。再說，她會演戲嗎？有時候演戲可跟又唱又跳大不一樣。

但是女兒在船艙前部的又唱又跳加劇了她的擔心，因為從前天晚上開始，女兒的身體在她的眼睛裡已經發生了變化。有另外一個種子，在女兒的小腹中發芽了。這讓她有一種揪心的痛楚——她是否已經開始失去女兒了？

遊船到達了玉淵潭公園。她們上了岸，女兒似乎很快活，她活蹦亂跳，她吹口哨去驚嚇樹上的小鳥，此外，她還看見了一些色彩斑斕的毛毛蟲，因為春天到了。然後，她們看到了玉淵潭湖面上的黑天鵝。

這使得她們欣喜若狂，但她們克制住了這種欣喜若狂。「媽媽，我們能不能靠近牠們？」女兒問她，劇作家聯想起自己寫的一部戲中的天鵝，這時她決定和女兒一起靠近那些黑天鵝。

她們租了一條外形像一隻白鵝的雙人腳踏遊船，向湖中央的黑天鵝遊去，牠們一共有四隻，靜靜地呆在湖水的中央，同時警惕地看著四周的遊船。人們都很好奇，但沒人想驚動牠們，牠們有時候會突然在水面上飛上幾下，旋即又落了下來，姿態從容、高貴、優雅。這讓她們入迷了。黑天鵝的確非常美麗，比白天鵝還要神秘和美麗，劇作家有一會兒甚至忘記了她內心深處的煩惱，她們腳踏白鵝船靠得很近。四隻黑天鵝有些警覺了，但仍舊十分放鬆地看著她們，她們和牠們相距有五六米遠，現在，她們仔細地看到那些黑天鵝了。

她們上了岸，感到情緒非常好，於是她們再次登上遊船，這一回，遊船的目的地是頤和園中的昆明湖。在遊艇上，女兒忽然問她，「媽媽，你和我爸爸是怎麼分手的？」

這個問題女兒過去從來也沒有問過她，因為那時候她還沒有長大，現在，她在內河航行上的遊船上問她了。

這是一個相當複雜的問題，也是一個十分難以回答的問題，她想了很久，她說：「你父親和我對生活的理解不一樣。比方說，他可能需要一個崇拜他的女人，而我從來也沒有崇拜過他。」

「可他真的很優秀啊。」女兒說。

「但他並不希望我也優秀。可能我沒有給他帶來他想要的那種感覺。我不會仰視一個男人的，女兒，即使他是我的丈夫，我因為愛他而嫁給了他。」

「為什麼情感會這麼複雜？」

「因為人性是複雜的，每一個人都是不一樣的，而人又都在變化，所以人與人之間的關係，也在變化，由好變壞、又由壞變好，變幻莫測。」

「像你編的那些電視劇嗎？」

她笑了，女兒略帶嘲諷的話讓她放鬆，因為女兒一直在思考，她已具有獨立人格了。這幾年她一直忙於自己的事業，所以她沒有發現女兒這一代更加早熟，她們上互聯網、搞環保行動、玩野營訓練，小學就開始學習外語，而且在家裡新買的跳舞機上可以跳上好幾個小時，當然，女兒的學習成績一直不錯，總是全班第一名，但是就是這樣一個女兒，怎麼能在十五歲的時候就懷孕呢？

因此，在內河航行中，她的心情時而晴朗，時而陰雲密布。女兒和她都悄悄避開這個話題，但是，她們又都知道，就在今天、在這一次內河航行中，她們將一起接近這個問題，並一起解決它。因為，她們是世界上最親的一對兒，一個是母親，而另一個是女兒。

遊船到達頤和園中的昆明湖了。早春的天氣中，可以看見湖面上遊船如織。她們上了岸，開始爬山，然後在半山腰的一處石凳上坐了下來。

「媽媽，你為什麼不罵我？」

「我為什麼會罵你？」

「因為，因為我懷孕了。」

「這並不可怕。」她有些違心地說，她想知道事情的真相，但這個真相得由女兒自己來說。在這一往一返的內河航行中，女兒期待的她的怒火大爆發並沒有出現，她只是非常有耐心地和她在一起遊玩，然後，女兒的神經鬆弛了，她們可以觸碰到讓她們驚心動魄的話題了。

「這當然可怕。我是翻了書才知道我可能懷了孕，因為我的例假像月圓月缺一樣準。我想如果你打我罵我，我會離家出走的。」

女兒把頭靠在她的肩膀上，這一刻，已經具有叛逆思想的女兒是溫順和柔弱無助的。

「你是我的女兒，我不會打你罵你，因為我們又是兩個獨立的人。我現在關心的是如何解決它。我們明天去醫院吧。」

「你就不關心是誰和我……這樣的？」女兒仰起臉，目光迷茫地看著她。

她突然有些衝動，她當然想知道是誰幹的，她一定會把那個壞小子的衣領緊緊地揪住，然後把他痛揍一頓。

「你會告訴我嗎？」

「……我怕你會找他……」

「你真的喜歡他？」

「是的。但他已經轉學走了。他已經走了。」女兒有氣無力地偎依著她，現在，她似乎一下子虛弱多了。

「我不會去找他的，女兒，因為這將是你生命中的第一次痛楚。以後你就會明白。」

「現在我就明白。」

「你不明白。」

「媽媽，我什麼都明白。」

「你明白什麼？」

「明白人都有脆弱的地方，我的脆弱就是無法把握我自己。」

「女兒，以後你會把握好自己的，好吧，給媽媽說說看，這一切到底是如何發生的。」

在女兒的敘述中，她了解了所有的情況。那個男孩比她高兩個年級，是一個天生的壞小子。在這所私立學校中，學生的來源也非常複雜，全國各地都有，甚至還有一些外國駐華使館人員的孩子，這些人的父母就住在附近的幾個別墅、公寓和高檔社區中。那個男孩子的父母親是做生意的，他比較高，但很瘦。從女兒的錢包裡帶的照片上看，她一眼就憑自己的劇作家對人性的了解，判斷那是一個自私的傢伙，就是這麼一個不值一提的傢伙，像一把鋒利的刀，切入了女兒的青春期的生活。她不能原諒他，但這已經發生了。最重要的是讓女兒面對這個現實。女兒對那個男孩有愛，她是可以感覺到的。但女兒的感情一定會被那個滿不在乎的壞小子給漠視了。她一直在責備自己，在這件事由女兒告訴她之後，她覺得不能再把孩子放在那所私立學校了，因為私立學校學生的背景太複雜，而且，因為交了高額的贊助費，即使是學校，也不好對調皮搗蛋的學生下狠手。那裡太亂了。不能讓女兒再呆在那裡，得把她轉學走。

「媽媽，你心中的白馬王子是個什麼樣的人？」

「我？什麼時候？過去還是現在？」

「過去和現在不一樣嗎？」

「不一樣。我十七、八歲的時候，心目中的白馬王子是個子要高大、健康，要英俊才行，這樣我可以把頭靠在他的肩膀上，這樣我就有一種十分可靠的感覺。到了二十五、六歲，真的想嫁人的時候，我心目中的白馬王子形象就變了，我希望他要聰明和善良就行了，高大英俊就不重要了。因為如果他聰明，那麼他就會幹好他的事業，這對婚姻是一個很好的保障。而他善良呢，就會對我好。然後，我就遇到了你爸爸。他就是一個又聰明又善良的人。」

「那為什麼你們會分開？」

「因為我還不太成熟，你爸爸一度對我非常好，但是我並不珍惜也並不在意他對我的感情，以為這都是應該的，所以，從我的角度上講，我沒有把握好。其實這個世界上沒有人會無緣無故地愛你，我那時對你爸爸待我好太漠然了。所以後來他自己無法從我這裡得到回應，就漸漸變了。」

「然後你們就分開了?」

「對。」

「現在呢?」

「現在我還有你,我也快四十歲了。如果有人再愛我,我會非常珍惜,而且會加倍回報。因為原本就沒有無緣無故的愛,也沒有本該如此的愛。另外,我這兩天其實一直在檢討,我想我和你爸爸離婚,給你帶來了很大的影響,包括剛剛發生的這件事。」

女兒沉吟著,她在想母親的話,「不,我沒有受什麼影響。」

她看著女兒:「你覺得你喜歡那個男孩?」

「嗯。所以,他要我做什麼,我就做了。」

「你現在想怎麼樣?你還想和他在一起?」

「不,不可能,因為他離開這座城市了。他爸爸也住在咱們社區。我再也見不到他了。」

「然後呢?」

「然後我會和你一起去醫院,把孩子打掉。」

「你看書了?」

「是的。可能用藥片來流產，得用三天的時間。如果體質不好，也許還會有大出血。」

女兒似乎什麼都懂，這讓她再一次感到震驚，因為也許女兒她一開始自己都會悄悄去醫院解決掉的，但女兒最終還是告訴她了。因為，女兒最終依賴和信任的人仍是她。

「媽媽，我並不後悔。」

「現在還不能這麼說，不過，即使是藥流也是很疼的，你不要怕。」

「我吃藥的時候你會在哪裡？」

「在你身邊。」

「那我就不怕了。」

「你現在有什麼感覺？」

「有一種奇異的感覺，媽媽，有一個生命的小芽芽在萌動，我可以感覺到，完全可以感覺到。」

「那是心理感覺。」

「不，不是心理上，真的是身體在變化。」

她聽女兒這麼說，想起了自己懷她的時候的那種體驗。一陣山風吹來，那種久違了、老早就被遮蔽了的感覺又重新復活了，那的確是生命最初在她體內孕育時的驚喜與甦醒，彷彿一粒種子在油黑濕潤的土地上伸著腰。但女兒那天真無邪的樣子在說這話的時候更讓她心情複雜。她可以說每天都生活在一種激情中，因為她每天都在寫作，在想像中構築各種可能的人物關係，這些關係的組合就是人情冷暖、人間萬象，但是當她發覺身邊的女兒有了這樣的事，這是完全超乎她的想像力的，是她始料不及的。現在，她在想，為什麼她沒在一陣驚愕過後，發生一場歇斯底里？

是因為有了這次內河航行，這一次早就計劃好的、不會為任何其他的事打擾和阻撓的內河航行。現在，她們從山上下來，準備從昆明湖再次沿內河航行回去。

她們在今天交流得比任何時候都深、都多，這是她們自己的體會，一開始她們彼此都覺得會爆發一場戰爭一樣的爭吵，但是沒有，不知道這應該不應該歸功於初春的天氣，和內河的城市水系兩岸美不勝收的風景。

這一次，她們再一次呼吸著清新的風，並觀看河兩岸的風景，而且，在她們的眼睛裡，沿岸風景都具有了一種她們過去不曾發現的東西，不曾發現的美。實際上，是她們的心理感覺變了。

她們置身於那些踏青並沿內河旅行的人們當中，感到愜意、安全和快樂。對於女兒來講，她從彷彿禁錮著她的學校中跑了出來，看到了遠山遠河，還有那座電視塔，以及黑天鵝。對於劇作家來說，她今天沒有編造或是編織任何情節地面對著她身邊的人與故事。這都是新鮮的體會。

她們的內河航行結束了。在玉淵潭，她們看見四隻黑天鵝仍在那裡，沒人去驚擾牠們。上了岸，她說：「咱們去醫院吧。」

「好。」女兒說，「我其實內心之中很害怕的。」

「有我呢，女兒。」

「你恨我嗎？」

「我在責備你，也在深深地責備自己。我不會恨你，我為什麼會恨你？」

「因為我給你添了麻煩。因為我太小啦，發生這種事。」

「既然發生了就勇敢去面對。我不知道……」

「你不知道什麼？」

「不知道以後這件事會對你留下什麼。」

「留下成長的痕跡。」女兒說。

在醫院的檢查是相當快的，只需要驗一下尿，就可以診斷出來。又過了一會兒，醫生已經開好了藥。那是一個女醫生，她也是一個做母親的。她和劇作家一起看著女孩把藥吃了。然後女醫生問女劇作家：「她還不到十八歲，這事兒你不能罷休。有人應該進監獄。我不想問你太多，但是，應該有人受懲罰才對，而不是她。」

劇作家意味深長和感激地握了握那個女醫生的手，點了點頭。這對她和她女兒來講，都將是影響一生的事，在開車回社區的路上，女兒坐在她身邊，車窗外抽芽的綠色楊樹一片新綠，並漸漸地隱入了暮色蒼茫。還要再吃兩天的藥，女兒體內的種子就會被殺死了。要是一切恢復原狀該多好。今天是感覺十分複雜的一天，她想。在她們的車開進燈光閃亮的社區時，她們的腦海裡繽紛閃爍著的全是內河航行中看到的景物、飛鳥和人群。

三民叢刊書目

①邁向已開發國家　孫　震著
②經濟發展啟示錄　于宗先著
③中國文學講話　王更生著
④紅樓夢新解　潘重規著
⑤紅樓夢新辨　潘重規著
⑥自由與權威　周陽山著
⑦勇往直前
　·傳播經營札記　石永貴著
⑧細微的一炷香　劉紹銘著
⑨文與情　琦　君著
⑩在我們的時代　周志文著
⑪中央社的故事（上）
　·民國二十一年至六十一年　周培敬著
⑫中央社的故事（下）
　·民國二十一年至六十一年　周培敬著
⑬梭羅與中國　陳長房著
⑭時代邊緣之聲　龔鵬程著
⑮紅學六十年　潘重規著
⑯解咒與立法　勞思光著
⑰對不起，借過一下　水　晶著
⑱解體分裂的年代　楊　渡著
⑲德國在那裏？（政治、經濟）
　·聯邦德國四十年　郭恆鈺、許琳菲等著
⑳德國在那裏？（文化、統一）
　·聯邦德國四十年　郭恆鈺、許琳菲等著
㉑浮生九四
　·雪林回憶錄　蘇雪林著
㉒海天集　莊信正著
㉓日本式心靈
　·文化與社會散論　李永熾著
㉔臺灣文學風貌　李瑞騰著
㉕干儛集　黃翰荻著

㉖作家與作品　謝冰瑩著
㉗冰瑩書信　謝冰瑩著
㉘冰瑩遊記　謝冰瑩著
㉙冰瑩憶往　謝冰瑩著
㉚冰瑩懷舊　謝冰瑩著
㉛與世界文壇對話　鄭樹森著
㉜捉狂下的興嘆　南方朔著
㉝猶記風吹水上鱗
　・錢穆與現代中國學術　余英時著
㉞形象與言語
　・西方現代藝術評論文集　李明明著
㉟紅學論集　潘重規著
㊱憂鬱與狂熱　孫瑋芒著
㊲黃昏過客　沙　究著
㊳帶詩蹺課去　徐望雲著
㊴走出銅像國　龔鵬程著
㊵伴我半世紀的那把琴　鄧昌國著
㊶深層思考與思考深層
　・轉型期國際政治的觀察　劉必榮著
㊷瞬　間　周志文著

㊸兩岸迷宮遊戲　楊　渡著
㊹德國問題與歐洲秩序　彭滂沱著
㊺文學關懷　李瑞騰著
㊻未能忘情　劉紹銘著
㊼發展路上艱難多　孫　震著
㊽胡適叢論　周質平著
㊾水與水神
　・中國的民俗與人文　王孝廉著
㊿由英雄的人到人的泯滅
　・法國當代文學論集　金恆杰著
(51)重商主義的窘境　賴建誠著
(52)中國文化與現代變遷　余英時著
(53)橡溪雜拾　思　果著
(54)統一後的德國　郭恆鈺主編
(55)愛盧談文學　黃永武著
(56)南十字星座　呂大明著
(57)重疊的足跡　韓　秀著
(58)書鄉長短調　黃碧端著
(59)愛情・仇恨・政治
　・漢姆雷特專論及其他　朱立民著

⑥⓪蝴蝶球傳奇　顏匯增著
・真實與虛構
⑥①文化啓示錄　南方朔著
⑥②日本這個國家　章　陸著
⑥③在沉寂與鼎沸之間　黃碧端著
⑥④民主與兩岸動向　余英時著
⑥⑤靈魂的按摩　劉紹銘著
⑥⑥迎向眾聲　向　陽著
・八〇年代臺灣文化情境觀察
⑥⑦蛻變中的臺灣經濟　于宗先著
⑥⑧從現代到當代　鄭樹森著
⑥⑨嚴肅的遊戲　楊錦郁著
・當代文藝訪談錄
⑦⓪甜鹹酸梅　向　明著
⑦①楓　香　黃國彬著
⑦②日本深層　齊　濤著
⑦③美麗的負荷　封德屏著
⑦④現代文明的隱者　周陽山著
⑦⑤煙火與噴泉　白　靈著

⑦⑥七十浮跡　項退結著
・生活體驗與思考
⑦⑦永恆的彩虹　小　民著
⑦⑧情繫一環　梁錫華著
⑦⑨遠山一抹　思　果著
⑧⓪尋找希望的星空　呂大明著
⑧①領養一株雲杉　黃文範著
⑧②浮世情懷　劉安諾著
⑧③天涯長青　趙淑俠著
⑧④文學札記　黃國彬著
⑧⑤訪草（第一卷）　陳冠學著
⑧⑥藍色的斷想　陳冠學著
・孤獨者隨想錄
A・B・C全卷
⑧⑦追不回的永恆　彭　歌著
⑧⑧紫水晶戒指　小　民著
⑧⑨心路的嬉逐　劉延湘著
⑨⓪情書外一章　韓　秀著
⑨①情到深處　簡　宛著
⑨②父女對話　陳冠學著

⑬①	生肖與童年	小 民著 喜 樂圖
⑬②	京都一年	林文月著
⑬③	山水與古典	林文月著
⑬④	冬天黃昏的風笛	呂大明著
⑬⑤	心靈的花朵	戚宜君著
⑬⑥	親　戚	韓　秀著
⑬⑦	清詞選講	葉嘉瑩著
⑬⑧	迦陵談詞	葉嘉瑩著
⑬⑨	神　樹	鄭　義著
⑭⓪	琦君說童年	琦　君著
⑭①	域外知音	張堂錡著
⑭②	遠方的戰爭	鄭寶娟著
⑭③	留著記憶・留著光	陳其茂著
⑭④	滾滾遼河	紀　剛著
⑭⑤	王禎和的小說世界	高全之著
⑭⑥	永恆與現在	劉述先著
⑭⑦	東方・西方	夏小舟著
⑭⑧	嗚咽海	程明琤著
⑭⑨	沙發椅的聯想	梅　新著
⑮⓪	資訊爆炸的落塵	徐佳士著
⑮①	沙漠裡的狼	白　樺著
⑮②	風信子女郎	虹　影著
⑮③	塵沙掠影	馬　遜著
⑮④	飄泊的雲	莊　因著
⑮⑤	和泉式部日記	林文月譯・圖
⑮⑥	愛的美麗與哀愁	夏小舟著
⑮⑦	黑　月	樊小玉著
⑮⑧	流香溪	季　仲著
⑮⑨	史記評賞	賴漢屏著
⑯⓪	文學靈魂的閱讀	張堂錡著
⑯①	抒情時代	鄭寶娟著
⑯②	九十九朵曇花	何修仁著
⑯③	說故事的人	彭　歌著
⑯④	日本原形	齊　濤著
⑯⑤	從張愛玲到林懷民	高全之著
⑯⑥	莎士比亞識字不多？	陳冠學著
⑯⑦	情思・情絲	龔　華著

⑯8 說吧，房間　林　白著
⑯9 自由鳥　鄭　義著
⑰0 魚川讀詩　梅　新著
⑰1 好詩共欣賞　葉嘉瑩著
⑰2 永不磨滅的愛　楊秋生著
⑰3 晴空星月　馬　遜著
⑰4 風　景　韓　秀著
⑰5 談歷史　話教學　張　元著
⑰6 兩極紀實　位夢華著
⑰7 遙遠的歌　夏小舟著
⑰8 時間的通道　簡　宛著
⑰9 燃燒的眼睛　簡　宛著
⑱0 月兒彎彎照美洲　李靜平著
⑱1 愛廬談諺詩　黃永武著
⑱2 劉真傳　黃守誠著
⑱3 天涯縱橫　位夢華著
⑱4 新詩論　許世旭著
⑱5 天　譴　張　放著
⑱6 綠野仙蹤與中國　賴建誠著
⑱7 標題飆題　馬西屏著
⑱8 詩與情　黃永武著
⑱9 鹿　夢　康正果著
⑲0 蝴蝶涅槃　海　男著
⑲1 半洋隨筆　林培瑞著
⑲2 沈從文的文學世界　王繼志　陳　龍著
⑲3 送一朵花給您　簡　宛著
⑲4 波西米亞樓　嚴歌苓著
⑲5 化妝時代　陳家橋著
⑲6 寶島曼波　李靜平著
⑲7 只要我和你　夏小舟著
⑲8 銀色的玻璃人　海　男著
⑲9 小歷史　林富士著
⑳0 再回首　鄭寶娟著
⑳1 舊時月色　張堂錡著
⑳2 進化神話第一部
・駁達爾文《物種起源》　陳冠學著
⑳3 大話小說　莊　因著

207

懸崖之約

海男 著

「男人與女人在此約會中的故事，貫穿著一個幸運的結局和另一個戲劇的結局」。一個患腦癌的四十歲女子，她要在去天堂之前去訪問記憶中銘心刻骨的每一個朋友，也許是密友、情人、前夫，她的生活因為有了昨日的記憶，將展開一段不同的旅程。

208

神交者說

虹影 著

人的情感總是同時交雜著出現，很難只用喜悅、悲傷、恐懼等單純詞語完整表達。而本書作者細緻地記述回憶或現實的片段，藉以呈現許多情況下（如養父過世，或只是邂逅陌生人等）人複雜多變的感覺，使讀者能自然地了解書中的情境與人物的感受。

209

海天漫筆

莊因 著

或「拍案叫好」或「心有戚戚」或「捫心自思」，作者以其多年旅居海外經驗，與自身文化激盪的心得，發為一篇篇散文，不但將中華文化精華發揚，亦介紹西方生活的真善美。且看「海」的那片「天」空下，作者浪「漫」的妙「筆」！

210

情悟，天地寬

張純瑛 著

本書乃集結作者旅居美國多年來的文章，娓娓細述遊子之情。其文字洗鍊，生動感人，處處展現羈旅之心與赤子之情。作者雖從事電腦業，但文章風格清新雋永。值得你我風簷展讀，再三品味，從中探索「情」之真諦！

211

誰家有女初養成

嚴歌苓　著

「巧巧覺得出了黃桷坪的自己，很快會變一個人的。對於一個新的巧巧，窩在山溝裡的黃桷坪和窩在黃桷坪的一切人和事，都不在話下。」踏出黃桷坪的巧巧會有怎樣的改變呢？如願的坐上流水線抑或是……

212

紙銬

蕭馬　著

紙銬，這樣再簡單不過的刑具，卻可以鎖住人的雙手，甚至鎖住人心，牢牢的，讓人難以掙脫更不敢掙脫。隨便揀一張紙，挖兩個窟窿，然後自己把手伸進去，老老實實地伸直了手，哪敢輕易動彈，碰上風吹雨淋，弄斷了紙銬，一個個都急成了哭相……

213

八千里路雲和月

莊因　著

本書可分為兩大部分，雖然皆屬於記遊文字、同在大陸地區，時間，卻整整相隔了十八年。作者以其獨特的觀點、洗鍊的文筆，道出兩段旅程中的種種。從這些文章，我們可以看見一些故事，也可以看出一位經歷不凡的作家，擁有的不凡熱情。

214

拒絕與再造

沈奇　著

新詩已死？現代人已不讀詩？對於這些現象，作者本著長年關注現代詩的研究，對現代詩有其深刻的體認，無論是理論的闡述或是兩岸詩壇的現況，甚至是詩作的分析，都有其獨特的見解。在他的帶領下，你將對現代詩的風貌，有全新的認識與感受。

215

冰河的超越

葉維廉　著

詩人在新生的冰河灣初次與壯麗的冰河群相遇，面對這無言獨化、宇宙偉大的運作，面對「雪疊著雪雪疊著雪疊著永不溶解的雪／緩緩地積壓著／冰晶冰層冰箔相連覆蓋九萬餘里」的景象，喜悅、震撼、思涉千載而激盪出澎湃磅礴的——冰河的超越。

216

庚辰雕龍

簡宗梧　著

基於寫作興趣就讀中文系，卻因教學職責的召喚，不得不放緩文學創作的腳步。本書作為政大簡宗梧教授創作成果的集結，不僅可讓讀者粗識簡教授於教學及研究著績外的創作成果，也將是記誌簡教授今後創作「臺灣賦」系列作品的一個始點。

217

莊因詩畫

莊因　著

因心儀進而仿效豐子愷漫畫令人會心的幽默與趣味，作者基於同樣對世間生命萬物寬厚博大的關注與愛心，以他罕為人知的「第三枝筆」，畫出現今生活於你我四周真實人物的喜怒哀樂，並附以詩文，為傳統的中國詩畫注入了全新的生命。

218

換了頭抑或換了身體

張德寧　著

換了頭抑或換了身體？當器官移植技術發達到可以更換整個身軀時，我們要擔心的是生理上的排斥或心理上的抗拒？該為人類創造的奇蹟喝采還是為扭曲了人的靈魂而付出代價？藉作者精心的布局與對人深刻的觀察，我們將探觸心裡未曾到達的角落。

219
黥首之後
朱暉 著

政治上成分的因素，他曾前後被抄三次家，父母也先後被送入囹圄和下放勞改。他嚐盡世間的殘酷悲涼，看透人性的醜陋自私，但外在的折磨越狠越兇，內裡的親情就越密越濃。人性中最陰暗齷齪的一面與最光明燦爛的一面，都在這裡。

220
生命風景
張堂錡 著

每個人的故事，如同璀璨的風景，綻放動人的面貌。透過作者富含情感的筆觸，引領出成功背後的奮鬥歷程。文中所提事物，與我們成長經驗如此貼近，讓人油然而生「心有戚戚焉」之感。他們見證歷史，也予我們許多值得省思與仿效的地方。

221
在綠茵與鳥鳴之間
鄭寶娟 著

不論是走訪歐洲歷史遺跡有感，或抒發旅法思鄉情懷，抑或中西文化激盪的心得，作者以其一貫獨特的思考與審美觀，發為數十篇散文，澄清的文字、犀利的文筆中，流露著一種靈秘的詩情與浪漫的氣氛，讓讀者在綠茵與鳥鳴之間享受有深度的文化饗宴。

222
葉上花
董懿娜 著

讀董懿娜的文章，如同接受心靈的浸潤。生活的點滴，藉她纖細敏感的筆尖，便能在心中蕩起圈圈漣漪；娓娓的傾訴，叫人不禁沉入她的世界。在探求至情至性的同時，重新面對自己，循著她的思緒前進，彷彿也走出了現實的惱人，燃起對生命的熱情。

223
與自己共舞
簡宛　著

「與自己共舞，多麼美好歡暢的感覺！」長年旅居海外的簡宛，以平實真誠的筆調，與讀者分享「接納自己、肯定自我」的喜悅。書中收錄作者多年來與自己共舞的所思所感，包含對婚姻、家庭、自我成長的探討，值得讀者細細品味這分坦率至情的人生智慧。

224
夕陽中的笛音
程明琤　著

我們從本書中可領略程明琤對於生命的思索與感受，對於文化的關懷珍視，她更以廣闊的角度引領讀者去探索藝術家的風範和多彩的人文景致。讀她的文章不只是欣賞她行文遣字的氣蘊靈秀，真正觸動人心的是她對眾生萬相所付注的人文情懷。

225
零度疼痛
邱華棟　著

「我發現我已被物所包圍，周圍一個物的世界，它以嚇人的速度在變化更新，似乎我的生活已經事先被規定、被引導、被制約、被追趕。」作者以魔幻的筆法剖析現代人被生活擠壓變形的心靈。事實上，我們都是不同程度的電話人、時裝人、鐘錶人……。

226
歲月留金
鮑曉暉　著

以滿盈感恩的心，追憶大時代的離合悲歡，及中國這片土地的光輝與無奈；用平實卻動人的文字，記錄生活的精彩，和對生命的熱愛與執著。作者將歲月中的點滴與感動，譜成這數十篇的散文，讀來令人低徊不已，並激盪出對生命的無限省思。

227
如果這是美國
陸以正 著

面對每天新聞報導中沸沸揚揚的各種話題，您的感想是什麼？是事不關己的冷漠？還是無法判斷是非的茫然？不妨聽聽終身奉獻新聞與外交事務的陸以正大使，如何以其寬廣的國際觀點，告訴您「如果這是美國……」

228
請到我的世界來
段瑞冬 著

從七〇年代窮山惡水的貴州生活百態，到瑞典中西文化交流的感觸，最後在學成歸國的喜悅中，驚覺中國物質與思想上的巨大轉變，作者達觀的態度及詼諧的筆調，好像久違的摯友熱情地對我們招手：「請到我的世界來！」

229
6個女人的畫像
莫非 著

6個女人，不同畫像。在為家庭守了大半輩子門框後，他們要出走找回失落的自己，藉著幻想，藉著閱讀，藉著繪畫等等不同方式，讓心靈有重新割斷再連結的機會。盼能以此書，提供女人一對話的空間。

230
也是感性
李靜平 著

「人世間的很多事，完全在於你從什麼角度來看。」本書作者以幽默的口吻帶您挖掘出生活中的樂趣。不管是親情的交流或友誼的呼喚，即便是些雞毛蒜皮的小事，在她的筆下每個生活週遭的人物全都活絡了起來，為我們合力演出這齣喜劇。

231
與阿波羅對話
韓　秀　著

自遠方來，我在陽光的國度與阿波羅對話。秋日午後的愛琴海波光鄰鄰，反射生命的絕代風采。這裡是雅典，眾神的故鄉，世人的虛妄不過瞬眼，胸臆間卻永遠有激情在湧動。殿堂雖已頹圮，風起之際，永恆卻在我心中駐紮。

232
懷沙集
止　庵　著

「樹欲靜而風不止，子欲養而親不待」作者將對逝去父親的感念輯成本書。其間除了父親晚年兩人對談的點滴外，亦不乏從日常不經意處，挖掘出文學、生活的真諦。作者樸實的文筆，在現代注重藻飾的文壇中像嚼蘿蔔，別有一股自然的餘味。

233
百寶丹
曾　焰　著

百寶丹，東方國度的神奇靈藥，它到底有多神妙？身世坎坷的孤雛，如何在逆境中自立，成為濟世名醫？一部結合中國傳統藥理與鄉野傳奇故事的長篇小說，一段充滿中國西南邊疆民族絕代風情的動人篇章。

234
矽谷人生
夏小舟　著

生命流轉，人只能隨波逐流。細心體會、聆聽、審視才能品嘗出人生的況味。從中國到美國，從華盛頓到矽谷，傳統與現代，寧靜與繁華，作者以雋永的文筆，交織出大城市裡小人物不平凡的際遇和生活中發人省思的啟示，引領讀者品味異國人生。

國家圖書館出版品預行編目資料

零度疼痛／邱華棟著.－－初版一刷.－－臺北市；三民，民90
面； 公分.--(三民叢書；225)

ISBN 957-14-3472-8 (平裝)

857.63 90006029

網路書店位址 http://www.sanmin.com.tw

著作人 邱華棟
發行人 劉振強
著作財產權人 三民書局股份有限公司
臺北市復興北路三八六號
發行所 三民書局股份有限公司
地址／臺北市復興北路三八六號
電話／二五〇〇六六〇〇
郵撥／〇〇〇九九九八——五號
印刷所 三民書局股份有限公司
門市部 復北店／臺北市復興北路三八六號
重南店／臺北市重慶南路一段六十一號
初版一刷 中華民國九十年五月
編 號 S 85568
基本定價 參元貳角
行政院新聞局登記證局版臺業字第〇二〇〇號

ISBN 957-14-3472-8 (平裝)

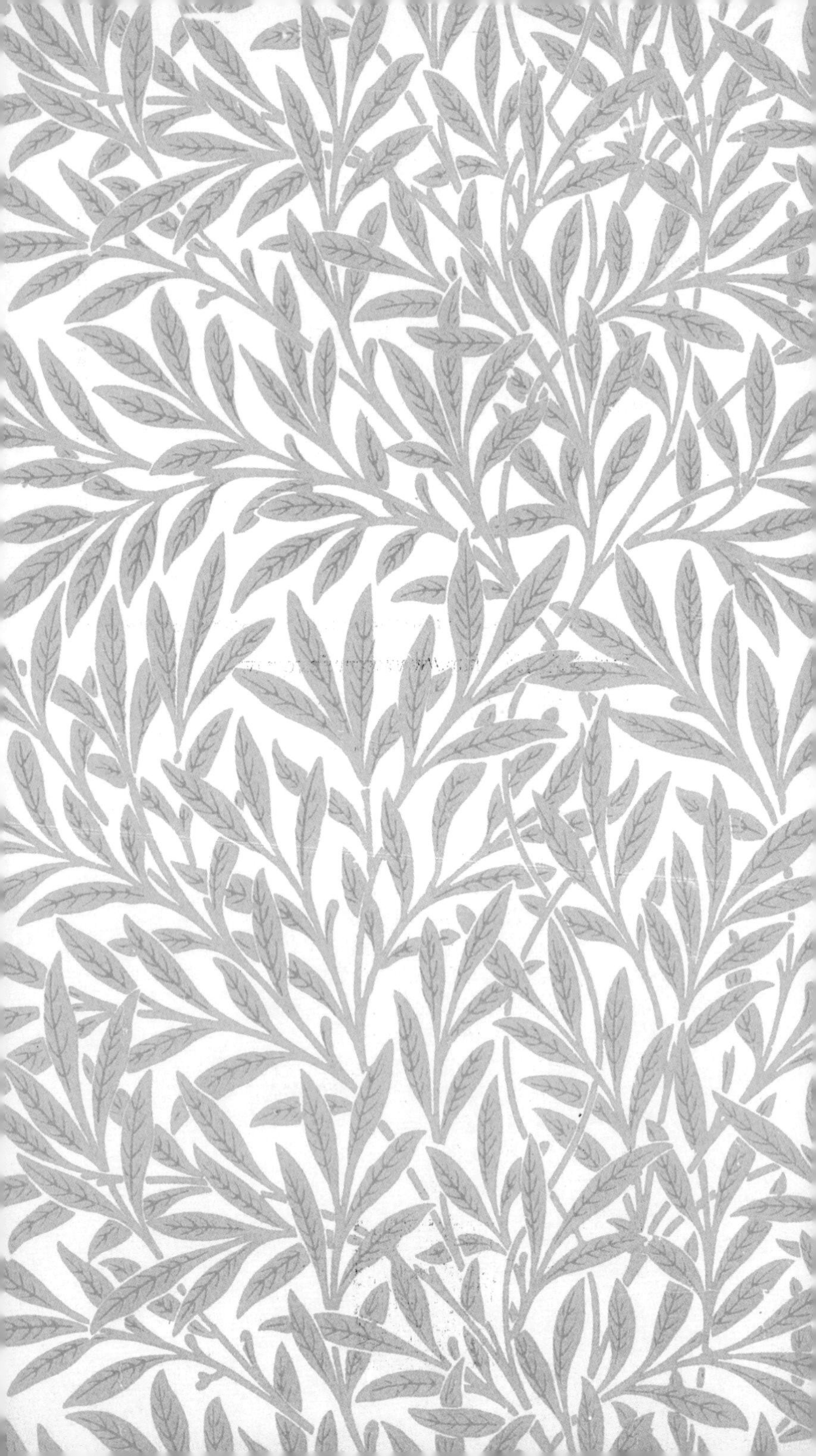